Dieses Buch gehört:

In der Reihe »Flüsterwald« sind bislang erschienen:

Flüsterwald – Staffel I
Band 1: Das Abenteuer beginnt
Band 2: Der verschollene Professor
Band 3: Durch das Portal der Zeit
Band 4: Der Schattenmeister erwacht

Flüsterwald – Staffel II: Eine neue Bedrohung
Band 1: Der verborgene Meisterschlüssel
Band 2: Die versteinerten Katzen
Band 3: In den Fängen der Zauberin
Band 4: Der letzte Funken Magie

Flüsterwald – Staffel III: Die magische Akademie
Band 1: Gefährliches Zauberchaos
Band 2: Der dunkle Zirkel
Band 3: Gefangen auf der Spiegelseite

MIX
Papier | Fördert gute Waldnutzung
FSC® C014496

7. Auflage 2025

Ritterstraße 3, 10969 Berlin
produktsicherheit@ueberreuter.de
ISBN 978-3-7641-5176-8

Lektorat: Emily Huggins
Umschlag- und Innenillustrationen: Timo Grubing

Druck und Bindung: GGP Media GmbH, Pößneck
Gedruckt auf Papier aus geprüfter nachhaltiger Forstwirtschaft.
www.ueberreuter.de

Andreas Suchanek

FLÜSTERWALD

Buch 2:
Der verschollene Professor

Mit Illustrationen
von Timo Grubing

ueberreuter

Lukas (Mensch)

* Leseratte und Abenteurer
* muss sich in einer neuen Stadt zurechtfinden
* seine Familie hat keine Ahnung vom Flüsterwald oder von Magie

Ella (Mensch)

* Lässt sich von niemandem aufhalten
* liebt ihren Großvater über alles
* hat viel in der Theater-AG gelernt

Felicitas (Elfe)

* zaubert gerne (was nicht immer klappt wie geplant)
* fühlt sich im Internat einsam und unternimmt deshalb öfter (verbotenerweise) Streifzüge

Rani (Menok)

* Nachwuchsautor, forscht über Menschen
* spielt für sein Leben gerne und ist schokoladensüchtig

Punchy (Katze)

* heißt mit vollem Namen: Pedora Ulinde Naftet von Chibalka
* Aufpasserin von Felicitas
* hat Nerven aus Stahl

Inhalt

Prolog 11
Der Hinterhalt (schon wieder) 15
Der Tag wird schlimmer 22
Eine Freitagsüberraschung 30
Das Hauptquartier 38
Das Pergament 47
Blinzelschock und Stollenvolk 58
Im Feuer der Erde 65
Der verlassene Stollen 73
Ranis heldenhafte Abenteuer 82
Die Regelbrecher 88
Das Himmelskatapult 97
Klettern über den Wolken 105
Der zerbrochene Altar 112
Im freien Fall 119
Der östliche Rand 126
Am Grund des Sees 134
Hilflos 141
Das fliegende U-Boot 148
Im Mondlicht 156
Auf der anderen Seite 164

In schwarzer Asche 171
Geschöpfe der Dunkelheit 179
Auf Leben und Tod 186
Ausweglos 192
Vor langer Zeit 200
Eine vage Hoffnung 208
Picknick im Mondlicht 215
Abschiede 223
Der Morgen danach 228
Epilog 236

Bonusgeschichte: Im Schatten der Königin 239

Prolog

Schatten tanzten im Kerzenlicht auf dem schwarzen Holz der Regale über Buchrücken, eingerollte Papyri und Steintafeln. Vor dem Fenster tobte wie so oft in den letzten Tagen ein Herbststurm. Blätter wirbelten vorbei, Geäst bog sich im Wind. Vom Schein der Straßenlaternen war hier draußen so wenig zu sehen wie vom Rest des verfluchten kleinen Städtchens namens Winterstein.

Er liebte die unbändige Zerstörungskraft, die dort durch die Gassen tobte und all die nutzlosen Menschen in ihre Häuser trieb. Wenn ein Sturm aufkam, tat er stets das Gleiche. Er brühte einen Tee auf, rauchte eine Zigarre, entzündete Kerzen. Es erinnerte ihn an damals, den Anfang von allem. Er dachte oft an diese Zeit zurück.

Auf dem Beistelltisch neben seinem Sessel stand die Tasse mit dem Tee, die Zigarre lag daneben im Aschenbecher. Rauchkringel stiegen auf, verteilten sich im Raum. Besucher verzogen immer das Gesicht, wenn sie eintraten, doch er mochte den Geruch. Kalte Asche sprach von Vergänglichkeit. Egal, ob es eine edle Zigarre war, die brannte, oder ein Baum. Ein ganzer Wald.

Mit einer energischen Bewegung erhob er sich, trieb die Gier in seinem Inneren zurück in den hintersten Winkel. Noch musste er beherrscht vorgehen, doch bald würden Sträucher brennen, die elenden Bäume aufschreien und Laub verglühen, würde all die Magie wieder ihm gehören.

Mit der Teetasse in der Hand trat er ans Fenster. Es war natürlich kein gewöhnliches Fenster. Das Glas besaß eine solche Reinheit, dass es fast unsichtbar war. Und dazu kamen filigrane Symbole aus Metall, die auf dem Rahmen prangten.

Es klickte, als er das magische Zeichen im rechten Fensterrahmen drehte. Ein Wabern lief über das Glas, dann zeigte es nicht länger die Landschaft außerhalb. Stattdessen wurde das Herrenhaus sichtbar. Hinter den Fenstern brannte Licht. Zweifellos würde es bald erlöschen, die Bewohner sich in ihre Betten begeben.

Wann war es endlich so weit?

Die beiden Kinder hatten sich bereits getroffen, er hatte den Streit beobachtet. Doch seit jenem Abend hatte Lukas Lamprecht den Flüsterwald nicht mehr betreten. Die Tage zogen sich in nutzlosem Einerlei dahin und brachten ihn seinem Ziel nicht näher.

»Geduld«, sprach er in den dunklen Raum. Er lächelte. Es war das Lächeln eines Raubtiers, wie ihm ein alter Feind einmal gesagt hatte. Er trug es stets, wenn ein Plan sich der Vollendung näherte.

Mit einer weiteren Drehung, einem erneuten Klicken, wurde das Glas wieder gewöhnlich. Vor dem Fenster kehrte die vertraute Landschaft zurück. Er sank in seinen Sessel, ließ den Blick in die sturmzerzauste Ferne schweifen und sog genussvoll den Geruch kalter Asche ein.

Der Hinterhalt (schon wieder)

In Gedanken versunken wich Lukas dem Ast aus. Ein Opfer des Sturms der vergangenen Nacht, wie auch der Gartenzwerg, der mit der Zipfelmütze voran in einer Windschutzscheibe steckte. Lukas registrierte es kaum, genauso wenig wie den Wind, der sein Haar zerzauste. Er dachte an seine neuen Freunde: Rani, Felicitas und Punchy. Möglicherweise spielte auch der Wark ab und an eine Rolle, vor allem in seinen Albträumen.

Immer wieder sah er die Ereignisse vor sich, die ihn Hals über Kopf in sein erstes Abenteuer im Flüsterwald gestürzt hatten. Die Geheimtür hinter dem Bücherregal, die Treppe in das geheime Studierzimmer auf dem Speicher. All die magischen Tränke, Pulver und Gegenstände. Dort stand auch die Standuhr, die über eine magische Verbindung zu ihrem Gegenstück im Flüsterwald führte. Zwar konnte der Wark solche Portale nicht benutzen – und außerdem hatte Lukas mit seinen neuen Freunden die Erinnerung des Warks an die Verfolgungsjagd gelöscht –, aber Lukas' Albträumen war das egal.

»Guten Morgen!«, brüllte jemand in sein Ohr.

Er zuckte zusammen. Im gleichen Moment ärgerte er sich über sich selbst. Es war das dritte Mal in einer Woche, dass Ella ihm auflauerte, er sollte mittlerweile daran gewöhnt sein.

»Morgen«, gab er so feindselig zurück, wie er konnte.

Sie ließ einfach nicht locker. Ihrem Großvater hatte das Haus gehört, in das Lukas' Familie eingezogen war. Aufgrund eines Zaubers konnte sie es aber nicht betreten und hatte ihre Forderung immer unter freiem Himmel vorgebracht. Gleich würde sie wieder …

»Gib mir das Flüsterpulver!«, verlangte sie.

»Ich weiß gar nicht, wovon du sprichst.« Leugnen war ihm wie eine gute Taktik erschienen.

»Stell dich nicht dumm! Ich habe gesehen, wie du aus dem Flüsterwald zurückgekommen bist.« Sie lief schneller und stellte sich ihm in den Weg. Der Wind zerwühlte ihr schulterlanges, blondes Haar. Ein Wunder, dass sie überhaupt noch etwas sehen konnte. Sie trug Jeans, Turnschuhe und einen Pulli.

»Na und? Ich war im Wald spazieren.«

»Nachts?«

»Du ja wohl auch.« Er schob sich an ihr vorbei. Falls er zu spät zur ersten Stunde kam, würde seine Mum davon erfahren. Und obwohl sie selbst im schlimmsten Stau anderen Autofahrern zulächelte und ihnen den Vortritt ließ – was seinen Dad regelmäßig zur Weißglut trieb –, verstand sie beim Thema Schule keinen Spaß.

»Ich habe ein Recht auf das Flüsterpulver!«, rief Ella. »Es hat meinem Großvater gehört, bevor er verschwunden ist.«

»Das kann jeder behaupten. Außerdem weiß ich gar nicht, wovon du sprichst.«

Natürlich wusste er es. In dem geheimen Studierzimmer ihres Großvaters hatte er auch das blaue Flüsterpulver gefunden und unabsichtlich getestet: Es hatte ihm erlaubt, den Flüsterwald bei Nacht zu betreten, was sonst keinem Menschen möglich war.

Trotzdem konnte er Ella keinesfalls das Pulver geben, es war nur noch wenig übrig! Vielleicht genug für eine

Benutzung oder zwei. Und wenn es aufgebraucht war, konnte er seine Freunde nicht mehr wiedersehen!

»Du bist so gemein.« Ellas Stimme wurde weich. »Ich möchte nur meinen Großvater finden. Ich vermisse ihn.« Eine Träne löste sich aus ihrem rechten Auge. »Bestimmt irrt er zitternd und frierend durch den Wald.«

»Also …« Lukas stockte, als das Mitleid ihn überrannte, und rückte dann mit der Wahrheit heraus. »Ich müsste erst Nachschub holen. Das Flüsterpulver ist fast leer.«

»Was?!« Ella schien zu explodieren. »Wie kann das sein?«

»Ich bin versehentlich dran gestoßen und dabei ist eine Menge auf dem Boden … hey, du bist ja gar nicht traurig!«

Ella wirkte ertappt. »Doch, sehr.« Schon kullerte eine weitere Träne.

Lukas betrachtete sie empört. »Und ich wäre fast darauf hereingefallen. Wenn du mir nur was vorspielst, bekommst du das Flüsterpulver nicht! Wenn dein Großvater im Wald herumirrt, kannst du ihn doch auch ohne Pulver suchen gehen. Tagsüber!«

Sie seufzte. »Und da sag noch mal jemand, die Theater-

AG zahlt sich aus. Aber nur, damit du es weißt: Ich werde jede Nacht vor eurem Haus stehen. Und jeden Morgen. Überhaupt immer!«

»Wenn du nichts Besseres zu tun hast, bitte.« Lukas beschleunigte seine Schritte.

Vor ihm tauchte der große Torbogen auf, der den Beginn der Altstadt markierte. Dahinter war die Schule bereits in der Ferne zwischen den Häusern sichtbar. Bedauerlicherweise war er noch nicht darin, obwohl die erste Stunde soeben begann.

»Ich werde Steine werfen«, drohte Ella. »Der magische Schirm sperrt zwar *mich* aus, aber die Steine fliegen trotzdem.«

»Das darfst du dann meinen Eltern erklären«, sagte Lukas provozierend freundlich. »Bringt dir nur leider nichts.«

Man musste Ella zugutehalten, dass sie ihre Taktik sofort änderte.

»Wir könnten doch gemeinsam gehen und frisches Flüsterpulver holen.« Lächelnd ging sie neben ihm her. »Sonst ist es für dich auch bald vorbei.«

»Ich denke darüber nach.«

»Was gibt es denn da zu denken?«

»Bestimmt weißt du gar nicht, woher man es bekommt.«

»Netter Versuch, aber ich werde es dir nicht verraten.«

Sie eilten vorbei an der städtischen Bibliothekarin, die Lukas vor einer Woche bei seiner Anmeldung kennengelernt hatte. Ihr grauer Dutt hatte sich im Wind gelöst und die Frisur in ein Notstandsgebiet verwandelt.

»Dann frage ich einfach meine Freunde aus dem Flüsterwald«, gab Lukas triumphierend zurück.

»Du hast da Freunde?« Ella blieb wie angewurzelt stehen. »Das ist gefährlich.«

»Ist es nicht!«

»Es gibt schreckliche Kreaturen im Wald.«

»Ach, weißt du, wenn du mal mit einem Wark gekämpft hast, kann dich nichts mehr erschrecken.«

Ellas Gesicht wurde bleich. »Du … Angeber.« Sofort hatte sie sich wieder unter Kontrolle. »Jetzt glaube ich dir erst recht kein Wort!«

Endlich erreichten sie die Schule und traten ein. Spätestens hier musste sie ihn in Ruhe lassen, denn Ella ging nicht in seine Klasse. Bedauerlicherweise gab es aber die Pausen, in denen sie ihn immer beobachtete.

Mit einem letzten bösen Blick verschwand sie in ihrem Klassenraum. Lukas eilte die Treppenstufen zu seinem Klassenzimmer hinauf, wo die erste Stunde schon vor fünf Minuten begonnen hatte. Ausgerechnet bei Frau Brock, die hinter ihm gestanden hatte, als er an seinem ersten Schultag mit zwei Klassenkameraden über die Sinnlosigkeit von Mathematik gesprochen hatte.

Sie würde ihm irgendeine Strafarbeit aufgeben und im Lehrerzimmer schlecht von ihm sprechen. So laut natürlich, dass auch sein Pa es mitbekam. Als ob es nicht schon peinlich genug war, dass der hier unterrichtete! Glücklicherweise nur die Parallelklasse, das musste Ella ertragen.

»Augen zu und durch.«

Ein letztes Durchatmen, dann drückte Lukas die Klinke herab. Schweigen schlug ihm entgegen, als er eintrat. Auf den Plätzen seiner Mitschüler lagen Blätter voller Fragen, sie schrieben eifrig. Der Blick von Frau Brock war eisig, ihre Lippen kräuselten sich.

Sie schrieb einen unangekündigten Test!

Das war ganz und gar nicht sein Tag. Schweigend nahm Lukas Platz. Schlimmer konnte es nicht mehr werden.

Der Tag wird schlimmer

Lukas versank in dem großen Ohrensessel. Das Leder des Bezugs war hart und lud nicht dazu ein, hier länger zu sitzen. Als ob er eine Wahl hätte.

Der Test war katastrophal schiefgelaufen, was Frau Brock nur mit einem Das-wundert-mich-nicht-Blick gewürdigt hatte, nachdem sie sein Blatt inspiziert hatte. Das allein wäre schon schlimm genug gewesen, doch da war noch diese Sache aus dem Informatik-Unterricht.

Eigentlich war Lukas davon ausgegangen, dass Herr Rechbit den ›Vorfall‹ auf sich beruhen ließ. Während die anderen Schüler noch nach dem Dokument für die Unterrichtsstunde gesucht hatten, war ihm langweilig geworden. Kurzerhand hatte er sich in die Chat-Software eingeloggt, um mit Micha zu schreiben. Er wusste, dass sein bester Freund zum Zeitpunkt von Lukas' Informatik-Stunde freihatte. Bedauerlicherweise war Herr Rechbit aus dem toten Winkel aufgetaucht.

Und genau deshalb saß Lukas jetzt vor dem Zimmer des Direktors.

»Du kannst reingehen«, flötete die Sekretärin, die an ihrem Tisch auf die Tastatur des Rechners einhämmerte, als gäbe es kein Morgen.

»Danke.«

Er sprang aus dem Sessel, drückte die messingfarbene Klinke herunter und betrat das Zimmer.

Direktor Arnold thronte hinter einem Schreibtisch, auf dem sich die Bücher stapelten. Zwischen verschiedenfarbigen Aktenmappen stand eine Tasse, die Kaffeeduft verströmte.

»Lukas Lamprecht.« Er deutete auf den Stuhl vor dem Tisch. »Nimm Platz.«

Die Worte wogen schwer und am liebsten hätte Lukas auf dem Absatz kehrtgemacht, um zu flüchten.

»Direktor Arnold«, krächzte er stattdessen.

Schritt für Schritt näherte sich Lukas ›dem Stuhl‹. Einige Schüler hatten bereits darauf gesessen und ihre mitleidigen Blicke hatten ihn auf dem Weg zum Direktorat verfolgt.

Er nahm Platz.

»Lukas, ich hatte heute ein wirklich ernstes Gespräch.« Mit einer schwungvollen Bewegung setzte der Direktor seine Unterschrift unter ein Formular und wandte sich dann gänzlich ihm zu.

»Das tut mir leid«, erwiderte Lukas.

Seltsamerweise schmunzelte Direktor Arnold daraufhin, was kleine Lachfältchen hervortreten ließ. Mit einem Mal war die Situation nicht mehr ganz so bedrückend.

»Es freut mich, dass du das so siehst. Kannst du dir denn denken, worum es in dem Gespräch ging?«

»Der Chat?«

»In der Tat.«

Direktor Arnold faltete die Hände ineinander. Sein schwarzes Haar war von grauen Strähnen durchzogen, der Vollbart gepflegt. Irgendwie konnte Lukas nicht festmachen, ob vor ihm ein freundlicher Großvater oder ein Scharfrichter saß. Vermutlich eine Mischung aus beidem.

»Ich verstehe, dass du deinen besten Freund vermisst, so ein Umzug ist niemals leicht.« Herr Arnold nahm einen Schluck aus der Tasse.

Bei diesen Worten begriff Lukas, dass der Direktor mit seinem Vater über ihn gesprochen haben musste. Woher wusste er sonst, dass Micha sein bester Freund war?

»Es hat eine emotional aufwühlende Wirkung auf mich«, sagte er einen Satz, den seine Mutter öfter anbrachte, wenn sie mit einer Situation unzufrieden war.

Der Direktor stieß einen kurzen Lacher aus und da er die Tasse noch in der Hand hielt, verteilte er Kaffeespritzer über die Akten. Schnell stellte er die Tasse auf den Untersetzer. Mit einem Taschentuch wischte er die Flecken weg.

»Du wirst natürlich verstehen, dass auch Herr Rechbit ›emotional aufgewühlt‹ ist. Schließlich gibt er sich sehr viel Mühe, seinen Unterricht vorzubereiten. Und er hat meines Wissens am Anfang der Stunde klargemacht, dass das Internet tabu ist.«

Ja, Lukas konnte sich erinnern, dass diese Worte gefallen waren. Das Internet durfte nur genutzt werden, wenn Herr Rechbit eine bestimmte Website mit ihnen aufrufen wollte.

»Schon«, gab er zu.

»Ich habe über diese Sache mit deinem Vater gesprochen und vermutlich wird er seine Meinung dazu heute zu Hause deutlich machen.« Der Direktor mischte seinem Blick eine wohldosierte Härte bei.

Ein guter Trick, doch mittlerweile war Lukas' Angst gewichen. Direktor Arnold mochte sich hart geben, aber da war auch ein sympathisches Funkeln in seinen Augen.

»Wie, denkst du, sollte deine Strafe aussehen?«

Lukas hatte geahnt, dass diese Frage kommen würde. Jetzt galt es, gut zu verhandeln. Wenn seine Antwort zu mild ausfiel, würde Herr Arnold ihm etwas anderes aufbrummen. Zu schwer kam natürlich auch nicht infrage.

»Ein Aufsatz«, schlug er vor. »Über … die Gefahren des Internet?« An seiner alten Schule hatte er den bereits geschrieben, er musste ihn nur ausdrucken und abgeben. »Bis morgen.«

»Eine ausgezeichnete Idee.« Direktor Arnold nickte. »Sieht man davon ab, dass in deiner Schulakte alle Themen aufgelistet sind, zu denen du in der alten Schule bereits etwas angefertigt hast.«

Er hatte den Direktor unterschätzt. Und seinen Vater, der bestimmt bereitwillig jedes Thema verraten hatte. »Ähm.«

»Dieser eloquent formulierten Antwort entnehme ich,

dass du das Problem erkannt hast.« Der Direktor lächelte, doch dieses Mal erreichte es nicht seine Augen.

Lukas beschloss, das Wort ›eloquent‹ später nachzuschlagen.

Herr Arnold wartete schweigend, was sich als überaus unangenehme Taktik erwies. Mittlerweile brannten Lukas' Wangen. War es schon immer so heiß hier drin gewesen?

»Theater-AG«, sagte der Direktor dann.

Was ein Scherz sein musste.

»Ich kann kein Theater spielen«, sagte Lukas schnell.

»Deshalb wirst du es dort auch lernen.«

»Aber das geht nicht.«

»Weil?«

»Ich es nicht mag.« Und es eine schreckliche Idee war! Außerdem war Ella ebenfalls dort, sie würde ihn mit Blicken erdolchen und ständig belagern.

»Wir müssen im Leben alle Dinge tun, die wir nicht mögen. Es gibt Fächer, die dir nicht gefallen, aber du lernst sie, um für das spätere Leben gerüstet zu sein.«

Verdammt! Es war die Für-das-Leben-gerüstet-Ansprache. Das konnte nicht nur dauern, es gab auch keine Gegenargumente.

Und da ging es bereits weiter.

Direktor Arnold schien Übung darin zu haben, denn die Sätze wirkten einstudiert, als habe er sie schon hundert Mal aufgesagt.

»… beispielsweise Mathematik.« Nach geschlagenen fünfzehn Minuten kam der Direktor zum Ende. »Trotzdem ist es wichtig.«

»Hm«, verlegte sich Lukas auf so wenig Angriffsfläche wie möglich.

»Wir sind uns also einig?«, hakte Direktor Arnold schließlich nach.

Und was hätte Lukas auch antworten sollen? »Klar. Ich freue mich darauf.«

»Etwas mehr Begeisterung, dann sehe ich großartige Theaterstücke vor uns, in denen du die Hauptrolle übernehmen darfst.«

Was für Lukas bedeutete, besagte Begeisterung auf ein Minimum zu reduzieren. Möglicherweise konnte er Schlimmeres verhindern, wenn er sich so schlecht anstellte, dass man ihm keine Rolle geben konnte. Er könnte doch zum Beispiel als Baum in der Ecke stehen.

Der Direktor, der ihn die ganze Zeit eindringlich gemustert hatte, ergänzte: »Es gibt übrigens Noten.«

Konnte er etwa Gedanken lesen? Vermutlich war auf Lukas' Gesicht das Entsetzen abzulesen.

»Ich war auch mal jung. Und jetzt raus mit dir.« Schon wandte sich der Direktor der nächsten Akte zu.

Vor der Tür atmete Lukas tief ein und wieder aus. Er musste Theater spielen! Wie hatte es nur so weit kommen können?

Wütend warf er sich gegen die Schwingtür und trat ins dämmrige Tageslicht. Im gleichen Augenblick fielen die ersten Regentropfen.

»So ein Zufall«, erklang Ellas Stimme. »Du bist auch noch hier.« Es klickte, als sie den Regenschirm aufspannte. »Da können wir uns auf dem Heimweg weiter unterhalten. Willst du unter den Schirm?«

Schweigend zog Lukas die Kapuze seines Hoodies über und stapfte in den Regen. Ella folgte ihm.

Eine Freitagsüberraschung

Endlich!

Die Woche neigte sich dem Ende zu, was Lukas' Martyrium beendete. Der Vorfall mit dem Chat hatte dafür gesorgt, dass er Internetverbot erhielt. Zusätzlich war sein Vater plötzlich erpicht darauf, aus Lukas ein Mathematikgenie zu machen. Stundenlang saßen sie gemeinsam im Wohnzimmer über irgendwelchen komplizierten Hausaufgaben, die durch erbarmungslose Übungen erweitert wurden. Durch die Zusatzaufgaben war Lukas abends zum Umfallen müde. Kaum hatte er sein Zimmer betreten, fiel er aufs Bett und schlief ein. Lukas kam sich vor wie in einem Gefängnis. Einem, das von zwei Aufsehern mit Habichtsaugen geleitet wurde.

Glücklicherweise endete seine Tortur mit dem Ende der Woche. Da samstags keine Schule war, würde seine Mutter ihn nicht länger kontrollieren und sein Vater hatte es inzwischen aufgegeben, aus ihm ein Genie zu machen.

»Jetzt kehren wir alle zurück zu unserem inneren Ausgleich«, verkündete Lukas' Mutter am Abend. »Unser Sohn hat seinen Fehler eingesehen, damit ist alles vergeben und vergessen.«

»Und wird sich nicht wiederholen«, betonte sein Vater mit einem scharfen Blick.

Lukas nickte verbissen. Sohn eines Lehrers zu sein brachte so viel Nachteile mit sich. Bruder einer kleinen Schwester zu sein ebenfalls, wie er die Woche über wieder einmal hatte feststellen dürfen. Immer wieder war das Schwestermonster an ihm vorbeigelaufen und hatte gerufen: »Das Internet ist weg, es kommt bestimmt nie wieder.«

Endlich war das Abendessen zu Ende. Lukas raste in sein Zimmer und knallte die Tür hinter sich ins Schloss.

»In diesem Haus werden keine Türen geknallt«, brüllte sein Vater.

Sicherheitshalber schob Lukas den Riegel vor, der an der Innenseite angebracht war. Vor dem Fenster zog die

Dunkelheit herauf und Regentropfen trommelten in einem stetigen *Tock, Tock* gegen die Fensterscheibe. In Winterstein regnete und stürmte es ständig.

Lukas schlüpfte in seine Turnschuhe, schnappte sich seinen Rucksack und zog das Buch aus dem Regal, das den geheimen Mechanismus auslöste. Lautlos glitt die Tür hervor. Warmes Licht empfing ihn, als er die Treppenstufen immer zwei auf einmal nehmend nach oben sauste.

Das Studierzimmer erwartete ihn, wie er es verlassen hatte. Die Tiegel mit Pulver und Fläschchen mit Flüssigkeit standen auf den Regalen, Bücher lagen aufgeschlagen auf dem Tisch, das Pendel der Standuhr schwang von links nach rechts.

Er schnappte sich die Schale mit dem Flüsterpulver und streute vorsichtig einen Teil auf sein Gesicht. Das blaue Pulver flirrte wie Sternenstaub, als die Magie zu wirken begann. Ein kurzer Blick aus dem Fenster bestätigte Lukas, dass er den Wald in seiner magischen Form erkennen konnte. Obgleich tiefste Nacht war, waberte die schimmernde Schutzsphäre deutlich sichtbar unter dem Sternenhimmel. Zwischen dem Geäst zeichneten sich Schemen ab.

»Wo fange ich an?«

Er hatte beschlossen, wieder einfach in den Wald hineinzulaufen. Irgendwie würde er Rani, Felicitas und Punchy schon finden. Gerade wollte er sich der Treppe zuwenden, als ihm etwas ins Auge stach.

Auf dem Tisch lag ein winziger Zettel, auf den jemand etwas geschrieben hatte. Ein Wort, das keinen Sinn ergab. Es sah nicht nach der Schrift des Professors aus und er war sich auch ziemlich sicher, dass der Zettel bei seinem letzten Besuch nicht da gelegen hatte. Ein Wesen des Flüsterwalds war hier gewesen! Mit gerunzelter Stirn wendete er das Blatt, doch es gab keinerlei Hinweis, was er tun sollte.

Leise murmelnd sprach er das Wort.

Wie angeknipst begann die Halbkugel in der Standuhr zu glühen, die Zeiger verstellten sich auf fünf vor zwölf (auch wenn es keine Zahlen, sondern seltsame Symbole waren, die an der Uhr angebracht waren). Das Pendel klappte beiseite. Dahinter kam das blau-weiße Flirren zum Vorschein, das für ein Portal typisch war.

Entsetzt wich Lukas zurück.

War das eine Falle?

Seine Gedanken wurden von einem pelzigen Bündel unterbrochen, das frontal gegen ihn knallte. Aufschreiend kippten sie beide um.

»Rani!«, rief Lukas.

»Wieso stehst du vor der Standuhr, wenn ein Portal sich öffnet?« Der Menok reichte ihm nur bis zum Knie, als er sich aufrichtete und das zerzauste Fell mit seinen Händen und dem Greifschwanz glattstrich. Seine Lesebrille hatte er nicht aufgesetzt.

»Ich wusste ja nicht, dass ihr kommt.«

Die Arme in die Hüfte gepresst, stellte sich der Menok vor dem Portal auf. »Es weiß doch jeder, dass man besser zur Seite geht, wenn es wabert.«

Mit einem *Klong* krachte Rani gegen das gegenüberstehende Regal, als Punchy wie eine Kanonenkugel durch das Flimmern geflogen kam. Ein aus Ton getöpfertes Etwas fiel herab und zerbrach in Scherben.

»Ja«, kommentierte Lukas trocken. »Du hast vollkommen recht, das sollte man wissen und besser nicht davorstehen.«

War das eine Art Grinsen auf Punchys Gesicht, das er da sah? Lukas blinzelte. Im nächsten Augenblick leckte sie sich bereits wieder gelangweilt die Tatzen, als sei ihr die Welt egal.

Den Abschluss bildete Felicitas, die armlange Elfe, die aufgeregt mit den Flügeln schlug. »Lukas, es ist so schön, dich zu sehen!« Ihr Blick fiel auf Punchy und Rani. »Ich habe die Stärke der Magie wohl ein klitzekleines bisschen unterschätzt. Der Flug war doch sehr … wuchtig.«

»Ach«, patzte der Menok, »meinst du? Ich bin gegen unseren Menschenfreund gestoßen.«

»Oh nein.« Felicitas erbleichte. »Geht es dir gut, Lukas?«

Dass sie diese Frage nur an Lukas richtete, versetzte Rani erneut in Aufregung.

»Danke sehr, mir geht es auch gut.« Prompt zog er das Büchlein aus der Tasche, ein Stift kam zum Vorschein und er notierte: »Steht vor Portalen, wenn sie sich öffnen. Unbedingt Intelligenzmessung durchführen.«

Lukas kicherte. Er freute sich so sehr, seine Freunde wiederzusehen, dass er Rani nicht einmal böse sein konnte. »Was macht ihr hier?«

»Dich besuchen, natürlich.« Felicitas sank auf den Schreibtisch. »Deshalb habe ich doch das Zauberwort hinterlassen. Der Elfenstaub auf dem Papier hat die Wirkung entfaltet, als du das Wort ausgesprochen hast.«

»Nachdem wir dreimal hier waren, du aber nicht, wollten wir es dir überlassen, wann du Kontakt aufnimmst. So geht man wirklich nicht mit seinen Freunden um.« Rani sprang auf den abgewetzten Ohrensessel.

»Tut mir leid, ich hatte da ein paar Probleme mit meinen Lehrern.« Lukas fasste zusammen, was geschehen war.

»Kann nicht mit Autorität umgehen«, notierte Rani sofort.

Lukas verdrehte die Augen. »Jetzt erzählt lieber, wie ihr hierherkommt.«

»Es war ihre Idee«, sagte der Menok, was wie ein Vorwurf klang. Er deutete auf Felicitas.

»Wir haben die Standuhr gerettet, die der Magieloge zerlegen sollte«, erklärte sie.

Lukas erinnerte sich an die meterhohen Berge aus Gegenständen in der Rumpelkammer, die sie bei ihrem letzten Abenteuer gefunden hatten. Alles magische Artefakte aus den dunklen Jahren, die vernichtet werden sollten. Da es jedoch nur einen einzigen Magielogen gab, war dieser mit der Aufgabe völlig überfordert.

»Ab sofort können wir uns immer gegenseitig besuchen«, freute sich Felicitas und surrte durch den Raum. »Was sind das denn für Scherben auf dem Boden?«

»Lukas will bestimmt sehen, was wir in mühevoller Arbeit vorbereitet haben«, sagte Rani schnell. »Lass doch diese unnützen Scherben.«

Und Lukas war tatsächlich gespannt, wollte unbedingt zurück in den Flüsterwald. Nun musste er nicht mehr den langen Weg durch das Wäldchen hinter seinem Garten und über den Fluss gehen. Sie konnten sich jederzeit Nachrichten hinterlassen und durch die Standuhren besuchen.

»Dann los.« Felicitas sauste kurzerhand durch das Portal.

»Nach dir«, ließ Rani ihm den Vortritt.

»Du willst ja nur weich landen«, sagte Lukas.

Punchy flitzte noch vor ihnen in das Flimmern. Als Aufpasserin einer leicht zu begeisternden Elfe hatte sie es eindeutig nicht einfach.

Lukas zurrte seinen Rucksack fest und sprang in das Portal.

Das Hauptquartier

Das Portal setzte Lukas in einem Verschlag aus Brettern ab. Es gab einen Berg aus Sitzkissen, daneben einen schief gezimmerten Holztisch. Ringsum ragte Geäst empor, Blätter raschelten im Wind.

»Ein Baumhaus«, hauchte er.

»Ist es nicht toll?« Aufgeregt flitzte Felicitas durch die Luft. »Hier können wir uns immer treffen und gemeinsam zu Erkundungen aufbrechen. Es gibt so vieles im Flüsterwald, was du noch nicht kennst.«

»Natürlich ist das nicht einfach Spielerei.« Die Ärmchen auf dem Rücken verschränkt stolzierte Rani wichtigtuerisch auf und ab. »Ich werde dich studieren und die Informationen niederschreiben. Mein Buch wird ein

Bestseller, in allen Flüsterwäldern werden sie davon sprechen.«

Punchy ließ sich elegant auf einem Kissen nieder, leckte über ihr Fell und lauschte.

»Aber was mache ich, wenn mich jemand als Mensch erkennt?«, merkte Lukas an. »Wir brauchen keine zweite Wark-Verfolgungsjagd.«

»Auch daran habe ich gedacht!« Felicitas deutete auf ihre Ohren. »Mittlerweile habe ich den Elfenzauber verbessert. Du wirst deine Größe behalten, aber deine Ohren passen sich an und die Aura auch. Dazu bekommst du ein Säckchen mit Elfenstaub, das du im Notfall vorzeigen kannst. Offiziell bist du ein zurückgekehrter Späher aus der nahen Stadt, der noch nicht wieder auf seine normale Größe geschrumpft ist.«

Das alles klang für Lukas nach einer Menge Spaß. Seine Neugierde ließ ihm sowieso keine Ruhe. Er wollte mehr erfahren über den Flüsterwald und seine Völker.

»Und das ist noch nicht alles«, jauchzte Felicitas. »Kommt mit!« Damit flog die Elfe aus dem Baumhaus.

»Es tut mir aufrichtig leid«, sagte Rani und folgte ihr.

»Was tut dir leid?«, wollte Lukas wissen.

Da der Menok ihm jedoch keine Antwort gab, folgte er

diesem nach draußen. Das Häuschen war auf eine Plattform gebaut, die hoch in den Baumwipfeln des Flüsterwaldes thronte.

»Erkennst du ihn wieder?«, fragte Felicitas.

»Wen denn?«

»Den Baum natürlich.«

Neugierig beugte sich Lukas über den Rand der Plattform und spähte in die Tiefe. Tatsächlich kam ihm die Umgebung vage vertraut vor.

»In diesem Baumstamm ist der Eingang zur Blinzelbahn verborgen!«, rief Felicitas, die nicht länger hatte warten wollen.

»Wir durften es dir nicht verraten«, erklärte Rani mürrisch. »Sie wollte, dass du selbst drauf kommst.«

Lukas schluckte. »Das ist so toll.«

»Nicht wahr?« Felicitas glühte vor Aufregung.

Der Gedanke an die Blinzelbahn ließ ein flaues Gefühl in Lukas' Magen aufsteigen. Sie war ein praktisches Fortbewegungsmittel, das jede Achterbahn um Längen schlug. Angeblich gewöhnte man sich mit der Benutzung daran. Das konnte er nach zwei Fahrten jedoch nicht bestätigen.

»Wohin möchtest du zuerst fahren?«, fragte Felicitas.

»Ähm.« Wie kam er da nur wieder heraus?

Die Antwort erfolgte aus unerwarteter Richtung. Im Baumhaus polterte es, gefolgt von einem dumpfen Laut. Punchy maunzte empört.

»Alles in Ordnung da drinnen?«, fragte Felicitas.

Die Tür des Baumhauses öffnete sich. Es war Ella!

»Du hast ja tatsächlich nicht gelogen. Sind das deine Freunde?«, flötete sie.

Lukas starrte sie entsetzt an. »Aber … Was tust du hier?!«

»Ich habe doch gesagt, dass ich nicht aufgebe.« Triumphierend stemmte sie die Fäuste in die Hüften. »Tut mir übrigens leid um diese kleine Laterne aus Glas auf eurer Veranda. Der magische Schutz war plötzlich weg, ich war überrascht, bin getaumelt und dann … nun ja.«

Lukas kochte innerlich vor Wut. »Wieso war der magische Schutz denn plötzlich weg?«

Ella zuckte mit den Schultern. »Glücklicherweise habe ich einen Ersatzschlüssel und den habe ich benutzt und bin auf den Speicher gestiegen. Übrigens nicht nett, dass ihr die Vase zerstört habt, die ich für meinen Großvater getöpfert habe.«

»Mag uns vielleicht mal irgendwer erklären, was hier

los ist?«, fragte Rani. »Du bist doch dieser weibliche Mensch, der freiwillig in diesem Todesbecken war.«

»Wovon spricht er?«, hakte Ella nach.

Lukas verdrehte nur die Augen. Obwohl sie es nicht verdient hatte, berichtete er, wie sie bei seinem letzten Abenteuer in die Vergangenheit geblickt hatten. Dabei hatten sie gesehen, wie Ella früher im Pool des Herrenhauses geplanscht hatte. Für einen Menok ein Unding, freiwillig in Wasser einzutauchen.

»Aber seit das Haus uns gehört, kannst du es nicht mehr betreten«, schloss Lukas seine Erklärung und wiederholte seine vorherige Frage: »Wie hast du es nur geschafft, den Schutzzauber zu brechen?«

»Ich habe eine Idee«, verkündete die Elfe. »Du sagst, dass du diese Vase getöpfert hast, die nun in Scherben auf dem Boden des Arbeitszimmers liegt?«, fragte sie. Als Ella nickte, ergänzte sie: »Ich kann nicht mit Sicherheit sagen, dass die Magie darauf lag. Aber vermutlich war die Vase die Quelle des Zaubers, der dich ausgesperrt hat.«

»Rani ist dagegengeprallt«, erklärte Lukas.

»Weil deine Katze durch das Portal kam!«, blaffte der Menok an Felicitas gewandt.

»Vor denen man nicht herumstehen sollte«, konnte Lukas sich nicht verkneifen.

Daraufhin verfärbte sich Ranis Gesicht knallrot. Er erinnerte an einen Topf, der kurz vor der Explosion stand.

»Ich danke dir.« Ella ging in die Knie und streichelte den Menok. »Damit hast du mir sehr geholfen.«

Die Luft entwich pfeifend, Rani lächelte. »Wir Menoks mögen es eigentlich nicht …« Er kicherte. »Weiter links, unten. Ja, das ist gut. Also weil du es bist, darfst du mich streicheln. Ausnahmsweise. Wann immer du willst.«

Nach ein paar Minuten, in denen nur Ranis freudiges Schnurren zu hören war, richtete Ella sich wieder auf. »So, es war nett, euch kennenzulernen, Freunde von Lukas, aber ich muss los.«

»Du willst schon gehen?«, fragte Rani enttäuscht. »Warum denn das?«

»Meinen Großvater suchen, natürlich.« Sie sah sich um. »Wie komme ich von diesem Baumhaus runter?«

»Der Professor?« Felicitas sauste zu Ella und blieb vor ihrem Gesicht in der Luft schweben. »Er ist hier im Wald?«

»Soweit ich weiß«, bestätigte sie. »In den Tagen vor seinem Verschwinden wirkte er unruhig, fast, als hätte er

Angst. Bei unserem letzten Treffen hat er gesagt, dass er einer Karte folgen will, um das verschwundene Volk des Flüsterwaldes zu finden. Und damit auch das Herz des Waldes.«

Felicitas schnappte nach Luft.

Rani starrte nur mit offenem Mund auf einen Punkt an Ellas Bein.

Selbst Punchy vergaß für einen Augenblick, dass sie sich gerade putzte. Mit herausgestreckter Zunge blickte sie zur Enkelin des Professors auf.

»Das Herz des Waldes«, krächzte Felicitas schließlich.

»Wieso seid ihr auf einmal alle so komisch?«, fragte Lukas.

»Aber erinnerst du dich denn nicht?«, ereiferte sich Rani. »In den dunklen Jahren wäre der Flüsterwald beinahe ausgelöscht worden. Doch irgendwie ist es den Verteidigern gelungen, eine Verbindung zum Herz des Waldes herzustellen. Es ist die Quelle aller Magie, doch niemand weiß, wo es ist. Damit konnten sie das Böse zurückdrängen.«

»Ich tippe auf einen Vergessenszauber.« Felicitas sauste zu Lukas. »Sonst müsste sich ja irgendwer erinnern, der damals an den Kämpfen beteiligt war.«

Ellas Großvater war also auf eine Expedition zur Quelle der Magie aufgebrochen. Vermutlich, weil er Angst vor jemandem gehabt hatte. Darauf deutete auch die handgeschriebene Notiz hin, die Lukas bei seinem ersten Betreten des geheimen Studierzimmers auf dem Tisch gefunden hatte. Auch Ella vermutete das. Doch vor wem hatte der Professor solche Angst gehabt? Und von welcher Karte hatte er gesprochen?

»Mein Großvater sucht schon lange nach dem Herz des Waldes«, erklärte Ella. »Bei einer Ausgrabung fand er ein altes Pergament mit einem Rätsel darauf. Er glaubte, dass nur Würdige den Zugang zur Stadt des verlorenen Volkes finden können.«

Lukas stöhnte auf. »Aber dann ist er weg, ohne eine Spur zu hinterlassen.«

Ella tippte sich gegen die Schläfe. »Tja, ich war aber dabei, als er das Pergament gefunden hat. Und rate mal, wer es auswendig gelernt und aufgeschrieben hat.«

»Wer?«, fragte Rani neugierig.

»Sie.« Lukas deutete auf Ella.

»Ich gehe dann jetzt mal«, sagte die Enkelin des Professors leichthin.

Ein ganz gemeiner Trick, auf den Rani, Punchy und

Felicitas leider prompt hereinfielen. Alle drei redeten gleichzeitig – nun ja: Der Menok und die Elfe sprachen, während die Katze drauflosmaunzte.

»Aber sie kann doch nicht alleine …«, ereiferte sich Rani.

»Das Herz des Waldes. Das verlorene Volk, ich bin ganz aufgeregt!« Felicitas sauste hin und her.

Das Maunzen von Punchy konnte Lukas nicht verstehen, es klang aber sehr eindringlich.

Natürlich wollte auch er den Professor suchen, aber das musste doch nicht so offensichtlich gezeigt werden.

»Also wenn du Hilfe brauchst …« Er räusperte sich.

Ella grinste so frech, dass Lukas sie am liebsten geschüttelt hätte. »Ihr dürft gerne mitkommen. Ich erlaube es euch.«

Diese miese …

»Ich zeige dir, wie man hinunterkommt«, bot Rani eifrig an.

Dieser elende …

»Aber vorher maskiere ich dich auch noch zu einer Elfe«, bot Felicitas an.

Diese gemeine …

Lukas gab auf.

Das Pergament

Mit einem triumphierenden Grinsen zog Ella ein Papier aus der Tasche.

Sie waren ins Baumhaus zurückgekehrt, wo Felicitas eines der Wasserlichter von der Wand pflückte. Es glomm in magischem Licht, wie eine Kerze im Wasser. Aus Erfahrung wusste Lukas, dass man es gefahrlos berühren konnte.

Im wabernden Schein beugten die Freunde sich gespannt über das Pergament.

Ella hatte sich die Zeilen tatsächlich genau eingeprägt und sie exakt wiedergegeben:

Drei Teile, um das Verborgene zu enthüllen,
das Vergessene zu sehen.
Wo Erde, Feuer, Luft auf Wasser trifft.
Im Mondschein zeigt sich vor den Augen
dunkler Schwingen
der Weg zur Unterwelt.
Doch Suchender gib acht, nur ein Weg führt zum Ziel.
Steig die Stufen empor und bringe, was beständig
vergeht vom Gestern ins Heute.
In schwarzer Asche wartet, was
nicht für dich bestimmt.

»Kein Wunder, dass dein Großvater verschwunden ist«, verkündete Rani. »Wirkt nicht sehr einladend, dieser Text.«

»Das Vergessene zu sehen«, murmelte Lukas. »Etwas, das aus drei Teilen besteht. Eine Karte vielleicht? Das könnte ein Problem werden.« Auf die verständnislosen Blicke der anderen ergänzte er: »Na, wenn der Professor schon eines der gesuchten Teile oder vielleicht sogar alle gefunden hat, können wir seinen Weg nicht mehr nachverfolgen.«

Felicitas schien kurz nachzudenken, dann sauste sie zur

Wand und zog an einem hervorstehenden Ast. Ein Teil des Holzes klappte beiseite und dahinter kam ein Regal zum Vorschein.

»Ich habe ein paar nützliche Gegenstände hier gelagert«, erklärte sie und deutete auf einen blauen Stein von Würfelform mit goldenen Symbolen darauf. »Du musst lernen, magischer zu denken, Lukas.«

»Was ist das?«, fragte er.

»Schokolade?«, fragte Rani hoffnungsvoll.

»Ein Duplizierstein«, verkündete Felicitas und schüttelte in Richtung des Menok entschieden den Kopf. »Er fängt das Echo eines Gegenstands auf und kopiert diesen. Egal, worum es sich handelt. Mit jedem Einsatz verbraucht sich ein wenig Magie, bis all diese goldenen Symbole verschwunden sind. Dann zerfällt er zu Steinstaub.«

Lukas war beeindruckt von dem kleinen Reich, das Felicitas, Rani und Punchy hier geschaffen hatten. Er sah sich bereits auf den Sitzkissen liegen und ein Buch lesen, während der Regen auf das Blätterdach prasselte. Doch das musste warten.

»Aber wo fangen wir denn mit der Suche an?«, fragte Lukas. »Diese Verse sind total rätselhaft.«

»Ich glaube, das ist der Sinn der Sache«, neckte ihn Ella.

Ob es auch ein Verschwindepulver gab, das er versehentlich auf sie schütten konnte?

»Können wir nicht auf magische Weise versuchen, eine Lösung für das Rätsel zu finden?«, fuhr Ella fort.

Felicitas klatschte in die Hände. »Das ist so eine gute Idee.«

»Nein.« Rani schüttelte energisch den Kopf. »Die Idee ist eine Katastrophe. Gleich wird sie …«

»Ich könnte einen Zauber wirken«, schlug Felicitas vor und ignorierte Rani völlig. »Gibst du mir eines deiner Haare, Ella? Durch die Verwandtschaft zwischen dir und deinem Großvater müsste ich das hinbekommen.«

Ella übereichte der Elfe eines ihrer blonden Haare. Rani ging auf ordentlichen Abstand, bis er hinter Punchy stand. Die Katze bemerkte, dass sie als Schutzschild verwendet werden sollte, warf ihm einen wütenden Blick zu und schlich davon.

Und Felicitas warf den Elfenstaub.

Ellas Haar glühte auf, wirbelte durch die Luft, verströmte einen Hauch von überirdischer Magie. Lukas, Ella, Felicitas, Rani und sogar Punchy – sie alle blickten auf das winzige goldene Haar.

Es schwebte durch das Baumhaus.

Dann explodierte es direkt über Rani. Als habe jemand einen Eimer über dem Menok ausgeleert, prasselte Erde auf diesen herab. Lukas schloss die Augen. Er wusste, was sie nun erwartete.

Der Streit ließ nicht auf sich warten. Rani beleidigte Felicitas, die sich vehement verteidigte. Einige Minuten vergingen, dann kehrte endlich wieder Ruhe ein.

»Und was bedeutet das?«, fragte Ella.

Punchy deutete mit einem Maunzen auf die Erde, die sich um den Menok auf dem Boden verteilt hatte.

»Es ist bloß Dreck«, sagte Rani.

Die Katze tippte mit ihrer Tatze vehement auf die gleiche Stelle.

»Das ist es nicht«, stellte Felicitas klar. »Wir müssen es nur deuten.«

»Aber wie?«, fragte Ella.

Punchy schlug sich die Tatze vor die Stirn und stöhnte auf. Mit einer flinken Bewegung schoss sie zum Regal. Felicitas folgte ihr und nach einem kurzen Murmeln flatterte die Elfe begeistert in die Höhe, eine Landkarte in Händen. Mit dem Finger zeigte sie auf einen Punkt auf der Karte. »Ich weiß, wohin wir müssen. Es ist so offensichtlich!«

Rani folgte ihrem Finger und nickte wissend. »Also dafür sollten wir uns vorbereiten«, erklärte er. »Eindeutig.«

Bevor Lukas nachhaken konnte, waren die beiden schon an der Standuhr, öffneten das Portal und kehrten zurück ins Studierzimmer. Lukas, der immer noch keinen Schimmer hatte, was die anderen vorhatten, folgte, gemeinsam mit Ella.

Unter Anleitung von Felicitas ging er das Regal ab, verstaute mehrere verkorkte Fläschchen in seinem Rucksack und füllte Pulver in verschließbare Tiegel. Das Ganze wurde von Rani begleitet, der ständige Dinge sagte wie »Vorsicht, das könnte explodieren« oder »Du hast etwas abbekommen, jetzt ist es vorbei«.

Irgendwann war der Rucksack bis obenhin gefüllt und sie wechselten mithilfe der Standuhr wieder in das Baumhaus.

»Wann zeigst du uns eigentlich dein Zimmer?«, fragte Felicitas plötzlich. »Ich möchte so gerne sehen, wie du lebst.«

»Oh ja.« Rani tippelte schnell in sicheren Abstand von der Standuhr, da Punchy gleich hindurchkommen würde. »Ich will unbedingt mehr über das menschliche Verhalten in natürlicher Umgebung wissen.«

»Er ist ein Junge«, sagte Ella trocken. »Sein Zimmer ist also unordentlich.«

»Gar nicht wahr!« Gut, dass Lukas sein Zimmer erst beim nächsten Mal zeigen musste. »Hört nicht auf sie. Wie kommen wir denn jetzt nach unten?«

Anstelle einer Antwort zog Rani an einem hervorstehenden Ast, worauf sich im Stamm des Baumes eine Tür öffnete. Das Innere war hohl und mit Treppen ausgestattet.

»Wir haben die Treppe einfach erweitert«, erklärte Felicitas. »Es gab ja schon Stufen, die nach unten zur Blinzelbahn führen. Dem Baum macht das nichts aus, alles magisch.«

Immer im Kreis schraubte sich die Treppe in die Tiefe.

»Und wohin soll die Blinzelbahn uns überhaupt bringen? Wo fangen wir mit der Suche an? Könnt ihr mir das nicht endlich verraten?«, fragte Lukas.

»Ich finde das recht offensichtlich«, gab Rani natürlich sofort an, obgleich er ebenfalls keine Ahnung gehabt hatte.

»Ach ja?« Lukas wäre beinahe gestolpert und konnte sich gerade noch an der Innenseite des Stamms abstützen.

»Natürlich. Wir fahren zum Stollenvolk.« Der Menok schien überaus zufrieden mit sich, der Welt und seinem Verstand. »Habt ihr das etwa nicht sofort erkannt?«

Felicitas schien in Gedanken bereits am Ziel zu sein. »Der Zauber hat das Haar in Erde verwandelt und nicht nur irgendeine Erde. Diese hier besitzt einen leicht rötlichen Schimmer, wie sie nur beim Stollenvolk zu finden ist. Punchy hat das sofort erkannt.«

Tatsächlich erinnerte sich Lukas dunkel an eine Passage im Buch des Professors. Da hatte etwas über zwergenähnliche Kreaturen gestanden, die unter der Erde lebten. Doch ein Abschnitt hatte ihn erschreckt. Er zerbrach sich den Kopf darüber, was es gewesen war.

Endlich erreichten sie ebene Erde und betraten die Stufen, die nach unten führten. An der Wand hingen Wasserlichter, die mit ihrem feucht-warmen Schein die Dunkelheit vertrieben. Von den Spinnweben war nichts mehr zu sehen und es roch seltsam frisch.

»Hast du die Bahn schon mal benutzt?«, fragte Lukas an Ella gewandt.

»Ach, schon ganz oft«, erklärte sie.

Was eine glatte Lüge war, das erkannte er sofort. Das würde ein Spaß werden.

Sie erreichten den Blinzelbahnhof.

Wie beim letzten Mal standen überall kleine Tische mit Sesseln davor. Die Tassen mit eingetrockneten Resten von Flüssigkeit waren jedoch verschwunden, es gab auch hier weder Staub noch Spinnweben. An den Wänden hingen Bilderrahmen mit den auf Pergament gebannten Blinzelzeiten darin, aber in neuen Rahmen.

»Ihr habt euch ordentlich ins Zeug gelegt.« Beeindruckt glitt Lukas' Blick über den blitzblanken Boden und die heimelige Atmosphäre. Am liebsten hätte er sich in einen der Sessel sinken lassen, um einen Kakao zu trinken.

»Ach, ich habe mir von daheim ein paar der neueren Besen ausgeliehen.« Felicitas winkte ab.

Mittlerweile wusste Lukas, dass die Reinigungsutensilien des Flüsterwalds selbstständig arbeiteten. Vielleicht konnte er sich bei Gelegenheit auch einen Besen ausleihen, dann musste er sich nicht selbst um sein Zimmer kümmern.

Wie bei einer U-Bahn gab es einen Tunnel, der aus der Halle herausführte. Anstelle von Schienen war der Boden mit wurzelartigen Strängen überzogen. Neben dem Tunneleingang stand ein Podest mit halb eingelassenen durchsichtigen Kugeln. Eine große in der Mitte und vier kleinere darüber, darunter, rechts und links. Hier konnte das Ziel angepeilt werden, doch man musste sehr lieb zur Blinzelbahn sein. Verhielt man sich unverschämt, konnte sich eine Reise durchaus verlängern.

In der Vergangenheit waren einige Reisende wohl etwas verwirrt am Zielort angelangt.

Felicitas legte ihre winzige Hand auf die Kugel in der Mitte, worauf das Abbild einer anderen Station erschien. »Perfekt, das ist genau die Richtige. Wir reisen in den Norden.« Die Elfe streichelte über das Holz. »Danke, dass wir dich benutzen dürfen.«

»Und wo ist die Bahn?«, rutschte es der Enkelin des Professors heraus.

»Ha, ich wusste es!« Lukas schob sie auf die Plattform, von der aus sie starten würden. »Du hast geschwindelt. Du bist noch nie mit der Bahn gefahren.«

Ella verschränkte die Arme, schwieg jedoch eisern.

Punchy maunzte bereits kläglich, Rani wirkte mürrisch wie immer und Lukas bereitete sich innerlich auf das Schlimmste vor. Vielleicht hatte er ja Glück und der Gewöhnungseffekt setzte endlich ein.

Gemeinsam standen sie auf der Plattform.

»Und jetzt?«, fragte Ella.

»Leg los, Felicitas«, bat Lukas.

»Gerne.« Die Elfe schaute nach oben, wo eine weitere der leuchtenden Halbkugeln in die Wand eingelassen war. Sie hielt den Blick starr darauf gerichtet.

Lukas grinste zufrieden.

Und Felicitas blinzelte.

Blinzelschock und Stollenvolk

In einem Augenblick standen sie noch auf der Startplattform, im nächsten waren sie schon am Ziel.

Lukas versuchte krampfhaft, total cool zu wirken. Seine Mutter nannte so etwas ›Botox-Grimasse‹.

Im Gegensatz zum letzten Mal kippte Rani nicht um. Bereits nach wenigen Sekunden begann er damit, zittrig sein Fell zu glätten. »Es wird besser.«

Felicitas steuerte beherzt einen Punkt an, flog im Zickzackkurs darauf zu und sank zu Boden. »G… Geht doch.«

»Das war so cool.« Ella sprang freudig – und ohne den kleinsten Hauch eines Blinzelschocks – in den Raum. »Das müssen wir öfter machen.«

»Ist dir nicht ein wenig schummerig?«, hakte Lukas verdattert nach. Bedauerlicherweise machte er dabei einen Schritt auf sie zu, stolperte und krachte zu Boden.

»Alles okay?« Sie half ihm auf.

»Klar.« Er winkte ab. »Bestens. Ich muss nur einen Moment stillstehen.«

Rani betrachtete Ella eingehend und riss sein Notizbuch aus der Felltasche. »Kein Blinzelschock bei dem Weibchen. Meine Theorie: Komplette Immunität oder kurzfristiger Tod, der abrupt eintritt.« Er sah wieder auf. »Hast du das Gefühl, gleich zu sterben?«

»Äh, nein.« Erst jetzt schien Ella zu merken, dass die anderen mitgenommen wirkten. »Bekomme ich eine Erklärung?«

Rani kritzelte eifrig weiter in sein Büchlein und hatte mal wieder die Welt ringsum vergessen.

»Wer die Bahn erstmals benutzt, bekommt einen Blinzelschock«, erläuterte Felicitas. »Mit jeder Fahrt gewöhnt man sich ein wenig mehr daran.«

War es tatsächlich so, wie Rani vermutete, dass Menschenmädchen generell immun gegen den Schock waren? Oder gab es eine andere Erklärung? Doch wenn Ella schon früher mit der Bahn gefahren wäre, hätte sie das ganz sicher nicht vergessen.

Langsam erholten sich alle Betroffenen vom Blinzelschock und Lukas sah sich um. Wie er wusste, waren zahlreiche Bahnhöfe des Netzwerks nicht mehr in Betrieb. Dieser hier hatte klobigere Stühle als die anderen. An der Wand lehnte eine Spitzhacke und im Holzboden klafften Löcher. Auf den Tischen standen Humpen, wie Lukas sie schon einmal in einem Bierzelt in München gesehen hatte. Verlassen sah er aber nicht aus.

»Ist dieser Bahnhof auch geschlossen?«, fragte Lukas, als sie die Treppen nach oben stiegen.

»Nein, das nicht«, erwiderte Felicitas.

»Aber das Stollenvolk ist gerne unter sich«, fuhr Rani fort. »Sie benutzen die Blinzelbahn kaum, weil sie ihre Stollen selten verlassen.«

Der Ausgang des Bahnhofs lag nicht in einem Baum, stattdessen gingen die steinernen Stufen in einen Gang über, der zu einem Holztor führte.

»Wie in einer Mine«, flüsterte Lukas.

»Ich musste sofort an *Herr der Ringe* denken.« Ella sah sich mit leuchtenden Augen um. »Das habe ich alles so vermisst.«

»Hat dein Großvater dich oft in den Flüsterwald mitgenommen?«, fragte er.

»Vor zwei Jahren habe ich den geheimen Eingang gefunden und … na ja, ein wenig mit den Pulvern experimentiert. Ich hielt das für ein großartiges Spiel. Anfangs dachte ich, dass Großvater einfach ein Autor ist. Die haben ja manchmal seltsame Geschichten auf Lager.«

»So ging es mir auch.«

Jetzt traten sie durch das Tor. Felicitas setzte sich mit einem »da lang« an die Spitze. Zwischen Hügeln und kargem Waldwuchs hindurch folgten sie ihr.

»Dummerweise war das erste Pulver, das ich abbekommen habe, das Flugpulver.«

»Nein!« Lukas sah Ella mit großen Augen an.

»Hat Stunden gedauert, bis er mich wieder von der Decke bekommen hat.« Sie kicherte. »Von da an bin ich bei jeder Gelegenheit hinter ihm her in den Wald. Wir haben ein paar spannende Abenteuer erlebt.«

Was Lukas ihr nach seiner Begegnung mit dem Wark letzte Woche ohne Weiteres glaubte.

»Meist haben wir Unsichtbarkeitstinktur benutzt, damit uns niemand sieht«, erklärte Ella. »Aber die Ohren sind auch nicht schlecht.« Dabei befühlte sie die Spitzen, die Felicitas auch ihr verpasst hatte.

Eine Flammensäule schoss zu ihrer Linken aus der Erde.

Aufschreiend sprang Rani zur Seite. Mit einem gewaltigen Satz landete er auf dem Rücken von Punchy. Diese fauchte, machte einen Buckel und warf ihn ab.

In hohem Bogen flog der Menok durch die Luft und prallte auf die Erde. »Warum passiert das immer mir?«

»Wir sind fast da.« Aufgeregt sauste Felicitas durch die Luft. »Das Erdvolk liebt Feuersäulen.«

»Hättest du das nicht vorher sagen können?« Rani rappelte sich wieder auf.

Doch Felicitas hörte ihn schon gar nicht mehr. Ihre Flügel flatterten in schnellem Takt, als sie davonschoss. Punchy folgte natürlich dichtauf.

Lukas spurtete hinterher, Ella rannte neben ihm.

Hinter ihnen fluchte Rani lauthals.

Also blieb Lukas stehen, wartete, bis der Menok aufgeholt hatte, und setzte ihn sich auf die Schulter.

Erst vor einem gewaltigen Höhleneingang holten sie Felicitas ein. Dieser war geformt wie ein Maul, mit spitz zulaufenden Zähnen oben und unten. Daneben stand ein grimmiger Mann, der so groß war wie Lukas. Die dunklen Haare waren zu einem Pferdeschwanz gebunden, das Gesicht von einem Vollbart eingerahmt.

»Hallo«, grüßte die Elfe. »Ich bin Felicitas von Siebenstern und das sind meine Freunde. Wir möchten dem Stollenvolk einen Besuch abstatten.«

Als Tochter des Elfenkönigs mangelte es ihr nicht an Selbstbewusstsein.

Der Stollenbewohner nickte abgehackt. »Seid ihr bereit, das Pfand zu übergeben?«

In diesem Augenblick fiel Lukas wieder ein, was er im Buch des Professors gelesen hatte. Wer das Stollenvolk besuchte, musste am Eingang ein Pfand zurücklassen. Verstieß er im Untergrund gegen die Regeln – die beachtlich waren –, bekam er es nicht mehr zurück.

Rani legte sofort seine Hände und den Greifschwanz vor seine Beuteltasche, als habe er Angst, jemand könnte seine Notizen stehlen.

»Du hast doch bestimmt etwas in deinem Rucksack«, sagte Ella. »Ein Pulver oder …«

»Das wird nichts nutzen. Wenn wir zustimmen, darf er das Pfand wählen.« Mit dem Kinn nickte Lukas in Richtung des Wächters.

»Aber es ist ja nur ein Pfand«, sagte Felicitas. »Wir sausen rein und wieder raus. Das war's.«

»Du hast gut reden, du hast ja nichts Wertvolles dabei.« Rani funkelte sie grummelig an.

»Nichts dabei!«, ereiferte sich die Elfe sofort. »Weißt du eigentlich, wie viel Elfenstaub in diesen Flügeln …«

»Es nutzt überhaupt nichts, wenn wir uns jetzt streiten«, beschwichtigte Lukas. »Letztlich hat Felicitas recht. Wenn wir den Professor finden wollen, müssen wir das Stollenvolk aufsuchen und seine Schritte nachvollziehen.«

Nach kurzem Zögern nickten alle.

»Wir sind bereit«, verkündete die Elfe dem Wächter.

Sein Blick wanderte über die Freunde. Auf Lukas' Rucksack blieb er länger ruhen. Konnte er etwa durch das Material hindurch in das Innere sehen?

Auch Ranis Fellbeutel wurde einer genauen Untersuchung unterzogen, was den Menok dazu veranlasste, Stellung zu beziehen: »Das Buch ist eigentlich nur geliehen. Darauf sollte ich achtgeben.« Auf den Blick des Wächters schlug Rani die Ohren nieder. »Ich mein ja bloß.«

Warum fühlte sich Lukas plötzlich wieder wie im Büro des Direktors, nur gänzlich ohne Lachfalten?

»Ich habe meine Entscheidung gefällt.« Der Stollenmann deutete neben Felicitas auf den Boden. »Die Katze ist das Pfand.« Entsetzt sträubte Punchy das Fell.

Doch der Blick des Wächters machte klar, dass seine Wahl endgültig war.

Im Feuer der Erde

»Wir beeilen uns«, erklärte Felicitas ihrer Katze beschwichtigend und umarmte sie fest. »Geben Sie gut auf sie acht.«

Punchy verschränkte wütend die Tatzen vor der Brust. Der Wächter trug sie am Kragenfell gepackt davon, wie eine Katzenmutter ihr Baby.

»Der Weg ist frei für euch«, sagte er ohne jede Emotion in der Stimme.

»Wir sind gleich zurück!«, rief Felicitas, das Gesicht voller Sorge.

Rani klopfte sich dagegen glücklich auf den Fellbeutel und murmelte: »Es hätte schlimmer kommen können, wenn er …«

»Beeilen wir uns«, unterbrach Lukas, der das Verhängnis in Form eines gewaltigen Streits auf sich zurasen sah. »Im Buch des Professors stand, dass das Stollenvolk sich ehrenvoll um das Pfand kümmert. Mach dir keine Sorgen, Felicitas.«

»Ach ja, meinst du?« Mit einem letzten Blick zurück, gab sich die Elfe einen Ruck und sauste in den Stollen.

»Kann sie nicht *einmal* langsam machen?«, rief Rani extra laut. »Nicht jeder hier hat Flügel.«

An den Wänden hingen Fackeln, deren Flammen violett loderten. Im Gestein glitzerte es, als säßen tausend winzige Diamanten darin. Je tiefer sie in den Stollen kamen, desto durchdringender wurde der Geruch nach Zimt, was Lukas überraschte.

Auf seine Nachfrage erklärte Felicitas: »Ja, das Stollenvolk liebt gute Düfte. Alle paar Jahre entdecken sie etwas Neues und dann riecht der ganze Berg danach. Das hat schon für ein paar hässliche Konflikte gesorgt.«

»Wie das?«, hakte Ella nach.

»Der Duft strahlt auf die gesamte Umgebung ab«, erzählte die Elfe. »Einmal mochte das Stollenvolk für ein paar Jahre den Geruch nach verbranntem Holz. Ständig haben die Völker ringsum gedacht, der Wald brennt.«

Lukas kicherte.

»Das ist nicht lustig, wenn überall um dich herum Holz wächst«, ereiferte sich Rani. Vorsichtig betastete er sein Fell. »Es wird bestimmt noch monatelang nach Zimt riechen.«

Der Stollen mündete irgendwann in Stufen und Lukas war froh über seine ausgezeichnete Kondition. Es ging stetig in die Tiefe, wobei es gleichmäßig wärmer wurde. Die Treppen waren breit, doch rechts und links gähnte bodenloser Abgrund. Hinzu kam, dass es nicht nur einen Weg gab, Dutzende andere Treppen kreuzten ihn.

»Wir bleiben einfach immer auf diesem Weg«, sagte Felicitas.

»Müssen wir auch«, erklärte Lukas. »Das ist eine der Regeln. Immer auf dem zugewiesenen Weg bleiben.«

»Was passiert, wenn wir die Regel missachten?«, fragte Rani sofort.

»Sie behalten das Pfand«, antwortete er.

Felicitas schluchzte auf. »Arme Punchy. Bestimmt wird sie sich langweilen, wenn sie nicht auf mich aufpassen darf.«

»Ja genau«, sagte Rani trocken. »Die Arme ist bestimmt total aufgeschmissen.«

Schließlich erreichten sie eine Halle, in die alle Treppen mündeten.

In Sichtweite tauchte ein Podest auf, dahinter gab es einen Torbogen. Auf der gegenüberliegenden Seite der Höhle wuchsen gewaltige Bögen aus dem Boden, die sich in der Höhe verloren. Überall glitzerte es im Schein der violetten Flammen – auf Fackeln, dem Untergrund und in Wasserlichtern.

Eine Garde flankierte ihren Weg. Allesamt waren sie in klobige Rüstungen aus dunklem Metall gekleidet. Der Zimtgeruch wurde so durchdringend, dass Lukas schwindelig wurde. Gab es so etwas wie einen Zimtschock?

»Willkommen«, rief ein breitschultriger Mann, auf dessen Kopf ein Diadem saß. Er eilte herbei. »Ich bin König Unterfuß vom Stollenvolk.« Kurzerhand zog er Lukas in eine Umarmung, die Enkelin des Professors ebenso. Felicitas nickte er leicht zu, Rani wurde gestreichelt. »Was führt euch in mein bescheidenes Reich? Wie ich hörte, habt ihr ein sehr kostbares Pfand abgegeben. Ich hoffe ja – um ehrlich zu sein –, dass ihr eine Regel verletzt.« Er griff in seinen Umhang und reichte Ella, die ihm am nächsten stand, eine Pergamentrolle. »Alle aktualisierten Regeln. Wir haben heute noch ein paar ergänzt.«

Was Lukas rundheraus gemein fand, doch König Unterfuß schien das für völlig in Ordnung zu halten.

»Warum wollt ihr denn, dass wir eine Regel verletzen?«, fragte Ella.

»Wir lieben Katzen«, erklärte der König. »Sie sind so schön flauschig. Leider gibt es hier unten keine.«

Felicitas war bei seinen Worten bleich geworden. »Aber ich liebe meine Punchy auch.«

Der König lachte, was seinen gewaltigen Brustkorb erzittern ließ. »Macht euch keine Sorgen.« Sofort wurde er ernst. »Wir geben gut auf sie acht.«

»Noch haben wir ja keine Regel übertreten«, stellte Ella klar und löste das Siegel der Rolle.

Nicht mehr zusammengehalten entrollte sich das Pergament bis auf den Boden und enthüllte viele Hundert Regeln.

Der König lächelte selig. »Und das werdet ihr auch ganz bestimmt nie tun.« Er zwinkerte verschwörerisch.

»Argh.« Lukas wurde es zu bunt. »Wir sind hier, weil wir etwas suchen. Erinnert Ihr Euch vielleicht an …« Er stockte. Ob sich der Professor unsichtbar gemacht hatte? Er hatte sich bestimmt nicht als Mensch zu erkennen gegeben.

»… meinen Großvater«, sprang Ella ein. »Deutlich größer als ich.«

König Unterfuß schien sich nicht darüber zu wundern, dass der Verwandte einer Elfe noch größer war. Er trat an Ella heran und schnupperte. »Ja, diesen Geruch kenne ich. Das war der Magieloge.«

Dann hatte der Professor sich also als Magieloge ausgegeben. Gar nicht dumm.

»Er stellte seltsame Fragen und wollte am Ende ins alte Stollennetzwerk gebracht werden.« König Unterfuß schüttelte sich. »Niemand geht freiwillig dorthin. Man kann nur allzu leicht in eine der endlosen Spalten stürzen.« Plötzlich strahlte sein Gesicht. »Aber wir bringen euch gerne hin. Ich meine, zum Eingangsstollen. Beachtet bitte Regel 798: Im Falle eures Todes geht das Pfand automatisch in unseren Besitz über.«

Wie konnte man nur so gemein sein und gleichzeitig so freundlich?

»Wir werden daran denken, wenn wir sterben«, erklärte Lukas.

»Gut, gut.«

Damit wandte König Unterfuß sich schwungvoll ab und stolzierte davon. Nachdem Ella die Schriftrolle mit den Regeln wieder zusammengerollt hatte, folgten sie ihm, genau wie der Rest der Garde. Im Licht der Fackeln näherten sie sich etwas, das aussah wie ein überdimensionierter Bergwerkstrolley. Im Inneren gab es ein Dutzend Sitzreihen, deren Flächen mit flauschigem Stoff bezogen waren. Zerstäuber entließen noch mehr Zimtduft.

Als Rani sich setzte, stieß neben ihm eine wahre Fontäne in die Luft und hüllte den Menok in eine Duftwolke. Hustend versuchte er, das Gewürz beiseitezuwedeln.

»Tief einatmen«, empfahl der König. »Zimt ist gut für die Seele.«

»Aber gilt das auch für die Lunge?«, fragte Ella leise.

Lukas kicherte.

Auf einen neugierigen Blick des Königs atmete er schnell so tief ein, wie er konnte. Prompt hustete er sich die Seele aus dem Leib. Felicitas hielt sich vorsorglich von den Zerstäubern fern.

Die Garde stieg nach und nach zu, bis sie die Freunde wie ein Schutzwall umringte.

Ella vertiefte sich in die Regeln auf der Schriftrolle, während Lukas weiterhin die Umgebung musterte. Der Trolley stand auf Schienen, unter denen ein Abgrund gähnte. Trotz all der Flammen konnte er in der Tiefe keinen Boden erkennen.

»Habt ihr es auch alle bequem?«, fragte König Unterfuß.

Sie bestätigten nacheinander.

Felicitas betastete erfreut den Stoff auf dem Sitz. »Es ist wirklich total flauschig.«

König Unterfuß nickte huldvoll. Dann ließ er seine Hand auf einem Griff ruhen und zog daran. Mit einem Ruck schoss der Trolley davon.

Der verlassene Stollen

»Und ab hier …« Lukas beäugte misstrauisch den dunklen Stollen, vor dem der Wagen zum Halten gekommen war.

»… verabschieden wir uns.« König Unterfuß winkte freundlich und bedeutete ihnen, auszusteigen und weiterzugehen.

Schon nach wenigen Schritten war es stockfinster.

Ella funkelte die Dunkelheit grimmig an, als wolle sie sie zu einem Duell herausfordern.

»Kein Problem«, verkündete Felicitas. »Ich sorge für Licht.«

Bevor Lukas das Wort »Taschenlampe« aussprechen konnte, warf die Elfe Elfenstaub in die Luft und murmelte einen Zauber. Im nächsten Moment kreisten winzige Irrlichter um Rani wie ein Heiligenschein.

»Es hat funktioniert«, jubelte die Elfe.

»Ich wünschte wirklich, dass du nicht ständig so überrascht davon wärst.« Grummelig betrachtete der Menok die Glühwürmchen. Felicitas' Zauber gingen erfahrungsgemäß sehr oft schief. »Irgendwie sind sie lustig und wenigstens hast du keine Flammen beschworen.«

Sein Greifschwanz zuckte.

Es dauerte einen Augenblick, bis Lukas begriff, was geschah. Ranis Spieltrieb drohte ihn zu überwältigen.

»Vorsicht!«

Doch es war zu spät. Rani vergaß alles und begann die Glühwürmchen zu jagen. Wie ein fellüberzogener Pfeil schoss er in den Stollen.

»Hinterher!!!« Ella hechtete schon voran.

Mit ihren Flügeln hatte Felicitas kein Problem damit, die anderen einzuholen, Lukas allerdings durchaus. Rasch befand er sich außerhalb des Lichtkreises und stolperte immer wieder über Steine. Ein besonders großer ließ ihn straucheln. Mit einem Keuchen knallte er auf den Untergrund. Ein beißender Schmerz stach in seine Handballen.

Mit zusammengebissenen Zähnen zog Lukas den Rucksack ab und nahm die Taschenlampe heraus. Im Lichtkegel begutachtete er seine Hände. Kieselsteine hatten seine Haut aufgeschürft. Es brannte, war aber nicht schlimm. Schnell setzte er den Rucksack wieder auf und folgte dem Stollenverlauf weiter. Seine Freunde waren nicht mehr zu sehen, das Licht der Glühwürmchen gänzlich verschwunden.

Mit einem Mal wurde Lukas bewusst, dass er sich unter Tonnen von Gestein bewegte. Wenn der Gang einstürzte, wurde er hier lebendig begraben. Die Wände kamen ihm unglaublich nah vor. Warum war seine Brust plötzlich so eng? Er zupfte an seinem Hoodie. War es bereits die ganze Zeit so warm gewesen?

Die Worte seiner Mutter kamen ihm in den Sinn. *»Atme langsam ein und wieder aus, im Inneren bist du völlig frei.«*

Lukas tat genau das. Er atmete tief ein, stellte sich vor, unter einem freien Himmel einen Waldweg entlangzuspazieren. Mit jedem Atemzug wurde es einfacher, seine Brust freier.

Schnell ging er weiter.

Und stand plötzlich vor einer Kreuzung.

»Na toll.« Er leuchtete nach links, dann rechts. »Welchen Weg habt ihr genommen? Hallo?!«

Keine Antwort.

Kurzerhand entschied sich Lukas für die rechte Abzweigung. Gingen die meisten nicht instinktiv dort entlang? Ganz bestimmt. Nach einigen Schritten fiel der Boden weiter ab, es wurde wärmer. Sollte er umkehren?

Nein!

Mit grimmiger Entschlossenheit stieg Lukas über Kiesel, kroch durch schmale Öffnungen und versuchte, seine Panik nicht erneut aufkommen zu lassen. Der Rückweg lag offen hinter ihm. Er konnte jederzeit umkehren.

Nach einer gefühlten Ewigkeit wurde der Gang wieder breiter. Und endete vor einem Abgrund.

In der Tiefe wogte eine rot glühende Masse vorbei. Längst war es so heiß wie in einer Sauna.

»Lava«, hauchte Lukas.

Deshalb war der Stollen aufgegeben worden! Aber wo befanden sich die anderen?

»Lukas!«, rief jemand.

Es war Rani, der von weiter oben auf der gegenüberliegenden Seite des Abgrunds wild zu ihm herübergestikulierte. Mit beiden Armen und dem Greifschwanz fuchtelte er aufgeregt umher.

»Was ist passiert?!«, rief Lukas.

»Wurzeln!«, war die knappe Antwort.

Typisch Rani.

»Ein paar mehr Informationen bräuchte ich schon.«

Lukas blickte sich um. Glücklicherweise gab es an der Wand ausreichend Vorsprünge. Entschlossen kletterte Lukas daran empor, bis er auf gleicher Höhe mit dem Gang war, in dem sich die anderen befanden. Zwischen ihnen gähnte der gefährliche Abgrund. Aber wenigstens konnte er sie jetzt besser sehen: Gewaltige Wurzelstränge hatten sich um Ella und Felicitas gelegt, hielten sie fest umschlungen. Rani stand ganz nah am Abgrund, gerade noch außerhalb der Reichweite der Ranken.

Ein Steinchen löste sich unter Lukas' Schuhsohlen und kullerte über den Abgrund in die Lava.

»Wartet!«, brüllte er.

Zurück auf sicherem Boden kramte er wild in dem Rucksack. Es musste einfach etwas geben, das er benutzen konnte. Sein Blick fiel auf den Tiegel mit dem Flugpulver.

»Ich komme!«, brüllte er.

»Was soll das bedeuten, du kommst?!«, kam es zurück.

Ohne den Menok weiter zu beachten, schüttete sich Lukas Flugpulver über den Kopf. Wie viel brauchte man davon? Sicherheitshalber nahm er alles.

Tief durchatmen – worauf er prompt husten musste –, dann stieß er sich ab. Das Gestein schoss an ihm vorbei, die glühende Lava verschwand in der Tiefe. Immer höher sauste Lukas hinauf, bis er direkt unter der Höhlendecke hing. Umwölkt von dichtem Rauch und Hitze. Es war wie Schwimmen in der Luft. Er stieß sich wieder mit den Beinen kräftig ab, peilte die Gegenseite an – und landete neben Rani.

»Wow, das ist echt cool.« Am liebsten hätte er sich direkt noch einmal in die Höhe geschwungen.

»Was sollen wir tun?« Der Menok deutete hektisch auf die Wurzelstränge und Lukas wurde sofort wieder ernst. Sie hatten keine Zeit zu verlieren!

Felicitas gestikulierte wild mit den Händen. Die Wurzel hatte sie so fest eingewickelt, dass nichts mehr von der Elfe zu sehen war – außer den Armen. Ella hatte es noch schlimmer erwischt. Ihr Gesicht war schon blau angelaufen, sie wurde heftig gewürgt. Die Panik in ihren Augen versetzte Lukas in Angst und Schrecken.

Er sprang zu ihr und zerrte mit aller Kraft an den Ranken, doch sie lösten sich keinen Millimeter. Rani hängte sich an die Wurzel, die die Elfe umschlungen hielt, und zog wie wild daran, doch auch er hatte keinen Erfolg. Noch immer sausten die Glühwürmchen um ihn herum.

Die Elfe steckte ihren Finger in Ranis Fell und bewegte ihn, worauf der Menok kicherte. »Nicht doch, das kitzelt. Hör auf.«

»Kitzeln! Das ist es!«

Lukas strich mit seinem Zeigefinger über die Wurzeln. Ein Zittern durchlief die Knoten und Schlingen, das beständig stärker wurde. Rani begriff und machte es sofort nach. Der Boden bebte, so sehr lachte die Pflanze. Sie löste ihren Griff.

Schließlich zogen sich die Ranken gänzlich zurück.

»Geht es euch gut?«, fragte Lukas.

Ella sackte japsend auf dem Boden zusammen. »Das war knapp.«

»Kicherwurzeln«, erklärte Felicitas, als sie sich wieder gesammelt hatte. »Gemeine Dinger. Danke, dass ihr uns gerettet habt.«

»Ja, danke euch beiden.« Ella nickte ihm zu.

»Ach, das war doch nichts.« Rani winkte mit seinem Greifschwanz ab.

»Du hattest die rettende Idee, Felicitas.« Lukas lächelte der Elfe glücklich zu.

»Aber was machen wir jetzt?«, brachte Ella ihr Problem auf den Punkt. »Vor uns liegt ein Abgrund. Wir hätten vielleicht doch den anderen Gang nehmen sollen.«

»Den habe ich genommen«, erklärte Lukas. »Führt auch nur hierhin.« Er berichtete, wie er das Flugpulver angewendet hatte, um über den Abgrund zu kommen.

»Wenn zwischen uns nur die Lava liegt, was hat dein Opa dann getan?«, fragte Felicitas an Ella gewandt.

Vorsichtig näherte sich die Enkelin des Professors dem Abgrund und spähte hinab. »Schaut mal, dort!«

Ein Teil der Wand war ein ganzes Stück abgesackt und damit viel näher an der gefährlichen Lava: eine kleine Insel aus Gestein, in deren Mitte ein altarähnliches Podest hervorwuchs. Zu viert äugten sie über den Spalt.

»Dort muss ein Hinweis gelegen haben«, stieß Lukas hustend hervor. »Ich könnte hinunterfliegen. Das Flugpulver wirkt bestimmt noch.«

»Das sieht aber sehr wackelig aus«, merkte Ella an. »Wenn du darauf landest, könnte der Fels unter deinem Gewicht endgültig in die Lava rutschen.«

Sie robbten zurück in den Gang.

»Ich kann leider nicht hinunterfliegen«, erklärte Felicitas bedrückt. »Meine Flügel würden in der Nähe der

Lava sofort verbrennen. Sie sind feueranfällig, müsst ihr wissen.«

Alle Blicke richteten sich auf Rani.

»Wieso schaut ihr mich so gefährlich an?«, fragte der Menok und tapste einen Schritt zurück. »Oh! Nein, das kommt gar nicht infrage.«

Lukas lächelte.

Ranis heldenhafte Abenteuer

Aus Ranis Aufzeichnungen

Um den Menschen an sich genauer zu beschreiben, möchte ich ein weiteres Kapitel über meine heldenhafte Rettung von Lukas, Ella und Felicitas ergänzen. Selbstverständlich geschah dies unter Einsatz meines Lebens.

In unserer verzweifelten Lage gab es nur einen Weg: Ich musste über glühende Lava hinweg zu dem abgebrochenen Felsen gelangen. Lukas zitterte vor Angst, niemals hätte er selbst das gewagt. Menschen sind von Natur aus eher zögerlich eingestellt, außerdem sind sie schwer. Ich stellte mich also - völlig freiwillig - zur Verfügung. In Gedanken war ich bereits auf dem Weg, flink über das Gestein entlang. Man sagt uns Menoks nicht umsonst nach, dass wir die besten Kletterer des Flüsterwalds sind (und unser Fell überaus seidig glänzt).

Doch Ella hatte eine andere Idee. Sie ist ein Weibchen und sieht daher ganz anders aus als Lukas, der ein Männchen ist. In ein paar Extrakapiteln werde ich auf die Unterschiede eingehen. Hier sei nur gesagt, dass ihre Idee überaus gefährlich war.

Ella ist wohl besonders gut im Werfen, was sie belegen kann. Denn bei einem kriegerischen Zusammentreffen der Menschen, das gemeinhin als »Bundesjugendspiele« bezeichnet wird, hat sie eine Ehrenurkunde erhalten. Hierfür sind weitere Recherchen notwendig, aber angeblich steht darauf nur eine Zahl und sie ist auch nicht magisch.

Sie sind wirklich seltsam, die Menschen.

Kurzerhand stimmte ich freudig zu, mich von Ella werfen zu lassen. Da ich keine Angst kenne – und mir das Gelegenheit gab, Ella weiter zu studieren –, fieberte ich dem Wurf entgegen. Elegant wie ein junger Adler glitt ich durch die Luft und landete exakt im Zentrum des Podestes. Sicher verwahrt in meinem Fellbeutel trug ich den Duplizierstein bei mir. Natürlich weigerte ich mich rundheraus, auf die Magie der Elfe zurückzugreifen, mir reichten schon die Glühwürmchen, die ständig um meinen Kopf herumsausten. Es kostete mich allergrößte Konzentration, mich nicht von meinem ~~Spieltr~~… meiner angeborenen Neugier, meinem Wissensdurst, ablenken zu lassen.

Der Duplizierstein ist ein magisches Artefakt von außerordentlichem Einfallsreichtum. Um ihn einzusetzen, muss man sich an einen Ort stellen, an dem sich der zu kopierende Gegenstand vorher befunden hat. Lukas merkte an, dass er so einen gerne für seine Schule hätte.

Ich stand also todesmutig, umtost von Lava und dichten Rauchschwaden, auf der Insel aus Geröll. Viel mehr war nicht übrig und in Kürze, das war offensichtlich, würde auch dieser Podest in den Abgrund stürzen. Damit hätte die Spur zum Professor geendet und unsere Mission wäre verloren.

Ein Blick zurück zeigte mir, dass Ella Tränen in den Augen hatte. Ganz eindeutig hatte sie Angst um mich.

Ich gebe hier den Originalton ihrer Worte wieder, der lediglich punktuell abweicht.

»Sei vorsichtig, du Held!«, rief sie.

»Niemand ist so mutig wie du!«, gab Lukas endlich zu. »Nicht einmal ich.«

Felicitas flog im Kreis. »Du schaffst einfach alles. Ohne dich wären wir verloren. Und dein Fell glänzt viel mehr als das von Punchy.«

Großmütig winkte ich ab. Wir Menoks machen uns nichts aus Schmeicheleien. Stattdessen konzentrierte ich mich voll und ganz auf die Aufgabe, schließlich hing alles von mir ab.

Mit meinem Greifschwanz wedelte ich den Rauch beiseite. Der Duplizierstein funkelte im Schein der Lavaflammen von innen heraus. Ich fragte mich, wie ein Stein auf solche Art schimmern konnte. Dadurch fühlte sich Lukas bemüßigt zu ~~brül...~~ mir freudig zuzurufen, dass ich mich doch etwas beeilen sollte. Ablenkungen seien gefährlich.

Menschen sind äußerst ungeduldig.

Ich berührte also eines der Symbole, worauf der Stein silbrig zu glimmen begann. Wie ein Seidentuch, das in die Luft geworfen wurde, flimmerten tausend kleine Körner empor. Sie senkten sich herab und auf dem Stein des Altars formte sich ein Pergament. Die Linien darauf waren jedoch verblasst, keine Beschriftung vorhanden.

Vielleicht eine Karte?

Schnell stopfte ich das Pergament mit dem Duplizierstein in meine Felltasche.

Nun wäre es ein Leichtes gewesen, elegant über die Steine zu klettern, den Flammen auszuweichen (die meterhoch in die Höhe schossen) und zwischen Rauch hindurch zurück zu meinen Freunden zu springen.

Doch als gut erzogener Menok weiß ich, dass man auch den anderen ihren Beitrag lassen muss. Lukas schwang sich in die Luft. Er hatte zuvor das Flugpulver genommen und darauf bestanden, mich am Ende wieder abzuholen. Zwar kann man nie genau sagen, wie lange dieses Zeug wirkt, doch eine Gefahr bestand nicht wirklich, da er es erst kurz zuvor auf sein Haar gestreut hatte.

Notiz: Unbedingt überprüfen, ob Haarlänge und -farbe etwas über Rang und Position innerhalb der menschlichen Gesellschaft aussagt.

Lukas durfte also Held spielen. Er kam herbeigeflogen und ich hatte schon Angst, dass er gegen die Wand stieße. Ständig flog er Schlangenlinien, der Rauch störte seine Sicht.

Als er bei mir war, sprang ich in die Höhe, schwang mich mit meinem Greifschwanz auf seinen Rücken und wir kehrten zurück. Auf dem Weg redete ich ihm gut zu, damit er seine Angst irgendwie unter Kontrolle bekam.

Da Lukas seinen Flug noch nicht gut steuern konnte, flogen wir ein paar Loopings und sausten schließlich ungebremst in den Gang hinein. An dieser Stelle möchte ich betonen, dass das nichts damit zu tun hat, dass meine Finger sich versehentlich in seinem Haar verkrallt hatten. Und obwohl mein Greifschwanz auf Lukas' Augen lag, hätte er meiner Ansicht nach den Weg finden müssen.

Sein Instinkt scheint nicht sehr ausgeprägt zu sein.

Nebenbemerkung: Die Behauptung, dass ich geschrien hätte »Wir werden sterben, die Lava ist schon ganz nah«, ist eine Lüge.

Kurz vor der gegenüberliegenden Wand gelang es Lukas endlich, den Flug zu stoppen.

Ella und Felicitas begrüßten mich als Retter. Natürlich müssen sie sich bei mir niemals Sorgen machen, deshalb fragten sie auch lediglich Lukas, ob es diesem gut gehe.

Ich händigte der Elfe den Duplizierstein aus, Ella bekam die Karte. Gemeinsam machten wir uns auf den Rückweg.

Die Regelbrecher

Lukas war wütend.

Zuerst hatte Rani sich rundheraus geweigert, auf die kleine Insel geworfen zu werden. Erst nachdem Ella dem Menok versprochen hatte, ihn später mit Schokolade zu versorgen, war er kooperativ geworden. Lukas ging nicht davon aus, dass sie das einhalten würde. Menoks waren zwar verrückt nach Schokolade, aber schon ein kleiner Bissen versetzte sie in Tiefschlaf.

Die Glühwürmchen, die Rani ständig umflirrten – und die laut Felicitas automatisch verschwanden, sobald sie wieder Tageslicht erreichten –, hatten ihn zusätzlich abgelenkt. Der Rückflug war dann gefährlich geworden, als Rani sich in Lukas' Haare gekrallt hatte, um ihn zu lenken. Da der Greifschwanz dabei vor Lukas' Augen gelegen hatte … nun ja, es war ein Höllenritt geworden.

Als Rani bemerkte, dass Ella auf sein Büchlein linste, in dem er gerade eifrig schrieb, drehte er sich schnell zur Seite.

»Wir haben es geschafft!«, freute sich Felicitas. »Und so schlimm war es gar nicht.«

Lukas strubbelte sich Ruß aus den Haaren und betrachtete traurig die Brandlöcher in seinem Hoodie. »Quasi ein Spaziergang.«

Doch immerhin: Es hatte geklappt. Sie hatten die Kopie des Gegenstands, den der Professor gesucht hatte. Und sie waren alle noch am Leben.

Der Rückweg zog sich ewig hin. Endlich tauchten in der Ferne die ersten Garden des Königs auf. Sofort ging Lukas schneller, um die Enge hinter sich zu lassen.

»Hier sind wir wieder«, jubelte Felicitas.

Zufrieden lächelnd nickte König Unterfuß. »Ihr habt also gefunden, was ihr gesucht habt?«

»Aber ja.« Ella hielt das Pergament mit den Zeichnungen in die Höhe.

Nun wirkte der König geradezu glücklich. »Das freut

mich sehr für euch. Und für uns.« Mit in die Höhe gereckten Armen wandte er sich an die Garde. »Wir haben eine Katze!«

Verdutzt starrte Lukas auf die jubelnden Stollenzwerge. »Aber … wieso?«

»Regel 429«, erwiderte der König. »*Ohne die Zustimmung des amtierenden Königs* – das bin ich – *darf kein den Stollen zugehöriges Artefakt über die Linie getragen werden.*«

Sofort starrten Ella, Felicitas und Rani zu Boden. Die Enkelin des Professors stand exakt einen Schritt neben der Linie – auf der falschen Seite.

»Aber … meine Punchy.« Felicitas wurde kreidebleich. »Ich kann nicht ohne sie zurückkehren. Sie braucht mich. Und ich sie. Wir sind Freunde!«

»Ihr wird es gut bei uns gehen«, beruhigte der König die Elfe, machte es damit aber noch schlimmer.

Rani fühlte sich bemüßigt, einzugreifen. Leider tat er das, indem er schimpfte.

Ella hatte das Pergament eingepackt und entrollte soeben die Schriftrolle mit den Regeln. »Er hat recht«, bestätigte sie niedergeschlagen, den Finger an der Zeile mit der Nummer 429.

Entsetzt starrte Lukas auf die Worte. Sie konnten Punchy nicht einfach zurücklassen, das wäre schrecklich. Es musste einen Ausweg geben.

»Und wenn wir …« Ella schluckte, rang mit sich. »Das Pergament kann ja hierbleiben.« Sie trat schnell wieder hinter die Linie.

»Zu spät«, sagte König Unterfuß.

Lukas starrte die Enkelin des Professors beeindruckt an. Sie wollte wirklich auf das Schriftstück verzichten, um dessentwegen sie den ganzen Weg gemacht hatten? Ihre einzige Hoffnung, die Spur ihres verschollenen Großvaters aufzutreiben? Nur um Felicitas zu helfen.

»Du bist so lieb«, hauchte die Elfe.

»Moment!« Ellas Blick flog noch einmal über die Zeilen. »Es darf nichts über die Linie getragen werden, was dem *Stollen zugehörig* ist.«

»Das ist richtig«, bestätigte König Unterfuß. »Der Professor hat um Erlaubnis gebeten, die ich auch gewährt habe. Sein Pfand war nichts Besonderes, wie ich zugeben muss.«

»Es ist eine Kopie!«, verkündete Ella triumphierend. »Und damit dem Stollen nicht zugehörig. Wir haben das Pergament selbst erschaffen.«

»Wie bitte?« Das Lächeln verschwand vom Gesicht des Königs.

Lukas hielt den Duplizierstein in die Höhe. »Ist eine magische Sache. Ein wenig Elfenstaub und schon hatten wir den Gegenstand, der da einmal war, kopiert.«

Der König machte ein Gesicht, als habe jemand alle Katzen der Welt fortgezaubert. Auch seine Untertanen wirkten traurig.

»Wie wäre es mit einem Deal?«, schlug Lukas vor. »Wir gehen und nehmen Punchy mit. Aber ich finde dahei… in der Stadt der Menschen bestimmt eine Katzenfamilie, die gerne zu euch kommt.«

»Das würdest du tun?«

»Klar.«

Die Garde jubelte und der König riss Lukas in eine herzliche Umarmung.

König Unterfuß wollte zur Feier des Tages ein Fest ausrichten, doch mit gemeinsamem Einsatz konnten sie ihn davon überzeugen, sie stattdessen gehen zu lassen. Die Zeit drängte, immerhin war der Professor schon lange verschwunden und sie konnten die weiteren Gegenstände nur kopieren, wenn nichts den Ort zerstörte, wo sie gelegen hatten.

Der Trolley brachte sie zurück an die Oberfläche.

Aufatmend trat Lukas hinaus, sog die klare Nachtluft ein und streckte die Arme aus.

»Dein Vorschlag war nett«, gab Ella zu. »Wenn du willst, können wir zusammen nach einer Katzenfamilie suchen.«

»Was geht denn da vor?!« Rani deutete mit seinem Greifschwanz auf den Wächter, der den Höhleneingang bewachte.

Dieser hatte sich über eine Massageliege gebeugt. Auf der Liege lag Punchy. Die Katze schnurrte, während ihr das Fell gekrault wurde.

Rani wirkte entsetzt. »Was hat er in ihr Fell getan? Es glänzt viel seidiger als meins.«

»Punchy!«, rief Felicitas erleichtert. »Wir gehen.«

Die Katze machte keine Anstalten, von der Liege zu springen. Stattdessen maunzte sie ungehalten und reckte den Buckel in die Höhe.

»Das nächste Mal will ich das Pfand sein«, stellte Rani klar. »Eine Massage könnte ich jetzt auch vertragen.«

»Punchy!«, rief Felicitas. »Komm gefälligst her.«

Seufzend maunzend verabschiedete sich die Katze von dem Wächter und sprang von der Liege.

Rani versuchte noch in Erfahrung zu bringen, was der Stollenzwerg in Punchys Fell einmassiert hatte, doch dieser schwieg beharrlich.

Gemeinsam kehrten sie zurück zur Blinzelbahn.

»Wohin jetzt?«, fragte Lukas.

»Darf ich das Schriftstück mal sehen?«, bat Felicitas.

Ella breitete das kopierte Pergament auf einem der Tische aus. »Ich glaube, es ist eine Karte. Aber da ist nicht viel drauf.«

»Ha, ich wusste es.« Die Elfe deutete auf eine feine Schattierung, die immer wieder für wenige Sekunden aufblitzte. »Seht ihr das?«

Lukas ging näher heran. »Sieht aus wie eine Zeichnung, die jemand mit weichem Bleistift aufgebracht hat. Wieso verschwindet sie immer wieder?«

»Weil es nur ein Teil der Karte ist«, erklärte Felicitas. »Dieser hier zeigt lediglich an, wo das nächste Teil sich befindet. Alle Ebenen einer solchen magischen Karte sind miteinander verbunden. Sie wollen wieder vereint werden, weißt du.«

»Erst danach enthüllt sie das eigentliche Ziel«, warf Rani ein.

»Aber … wie viele Ebenen gibt es denn?«, fragte Ella.

»Das ist unterschiedlich.« Felicitas beugte sich über das Pergament, befühlte es, roch daran. »Ich würde sagen, irgendwas zwischen zwei und vierzig Ebenen.«

»Was?!« Lukas starrte entsetzt auf das Papier. »Vierzig?!«

Felicitas winkte ab. »Mach dir keine Gedanken, die meisten Zauberer sind zu faul für so was. Oder stehen total auf diese angeblich magischen Zahlen. Drei, sieben, dreizehn …«

»Das ist doch die Himmelsstadt«, flüsterte Ella, die sich längst den Linien widmete, die in pulsierendem Takt auftauchten und verschwanden.

»Warst du etwa schon mal dort?«, fragte Rani.

Sie schüttelte den Kopf. »Mein Großvater wollte mich nicht lassen, dabei hat er oft davon erzählt.«

»Das ist dann jetzt wohl die Gelegenheit.« Lukas nickte zufrieden. »Alles ist besser als diese Gänge unter der Erde!« Er blickte zur Blinzelbahn. »Aber können wir einfach so hinfahren?«

Rani schüttelte den Kopf. »Die Bahn bringt uns nur in die Nähe des Katapults, von dort geht es dann nach oben.«

»Katapult«, echote Lukas. »Was genau meinst du damit?«

»Das ist eine Abschussvorrichtung«, erklärte Felicitas.

»Ich weiß, was ein Katapult ist. Aber was hat das mit der Himmelsstadt zu tun?«

»Oh.« Sofort flitzte Felicitas wieder aufgeregt umher. »Das wird dir gefallen.«

Irgendwie war Lukas sich ziemlich sicher, dass die Elfe sich irrte.

Das Himmelskatapult

»Seid ihr wahnsinnig?!«

Lukas starrte auf das gewaltige Katapult. Auf einem Turm mit runder Oberseite war eine Holzkonstruktion aufgebaut, die aussah, als könne man damit gewaltige Gesteinsbrocken durch die Luft auf die nahen Bäume schießen. Ein schmaler Weg zog sich ansteigend rings um den Turm. Wie bei einer Fahrattraktion im Vergnügungspark standen die unterschiedlichsten Wesen in der Reihe und warteten darauf, sich in die ausgehöhlte Schale zu setzen, die an einem langen Greifarm angebracht war. Ein wenig wirkte das Ganze wie die Hälfte einer überdimensionalen Walnuss, die mit Kissen ausgelegt worden war.

»Mach dir keine Sorgen, das wird lustig«, erklärte Felicitas.

Selbst Ella, die sonst nie um eine Antwort verlegen war, starrte entgeistert auf das Ungetüm. »Ihr wisst aber schon, dass der abrupte Druck uns alle Knochen brechen wird?«

»Aber nein«, sagte Rani. »Ich verstehe ja, dass ihr Angst habt. Ihr seid schließlich Menschen. Doch das Katapult ist harmlos und die Kissen sind überaus weich.«

»Sagte der Menok, der auf mir saß, in mein Ohr brüllte ›wir werden alle sterben‹ und mir dabei ein Büschel Haare ausriss«, konnte Lukas sich nicht verkneifen.

»Das hast du falsch verstanden, es waren Freudenschreie«, erklärte Rani huldvoll. »Wollt ihr nun den Professor finden oder nicht?«

Das stimmte Ella natürlich sofort wieder um.

Lukas wollte die Karte ebenfalls zusammensetzen, aber das … nun gut. Wenn es schon so lange im Flüsterwald eingesetzt wurde, musste ja etwas daran sein, tröstete er sich.

Sie reihten sich in die Schlange ein. Lukas erkannte Elfen, einen Bold, ein paar Maulwürfe und Füchse. Erst bei genauerem Hinschauen bemerkte er, was die Tiere des Flüsterwaldes von jenen in der normalen Welt unterschied: Die Maulwürfe trugen Schuhe und Einkaufstaschen aus Bast. An ihren Fingern glänzten Ringe und Armreife. Die Füchse gingen auf zwei Beinen und waren paarweise unterwegs.

»Die Himmelsstadt ist wohl beliebt.« Ella war seinem Blick gefolgt.

»Aber ja«, sagte Felicitas sofort. »Ich war mit meiner Familie auch öfter zum Einkaufen dort. Der Markt ist unvergleichlich. Es gibt alle Arten von Zaubern, Handarbeiten, schöne Kleidung …«

»Ich könnte einen neuen Stift gebrauchen«, verkündete Rani, der gerade etwas in seinem Buch hatte notieren wollen.

»Oder gleich eine Schreibfeder?«, schlug Ella vor.

»Die pikst immer so in der Felltasche, da bleibe ich lieber bei einem vernünftigen Stift.«

Lukas starrte mit großen Augen auf das Katapult, in dessen Abschussvorrichtung etwa dreißig Wesen Platz genommen hatten. Sie schienen keine Angst zu haben, kuschelten sich in die Kissen und wirkten dabei freudig erregt. Ein kurzes Schnalzen ertönte, dann flogen sie auch schon alle davon. Aber nicht etwa in Richtung Horizont.

Wie bei einem Korkenzieher sausten sie in Spiralformation nach oben.

Es ging rasend schnell.

Und schließlich waren sie selbst an der Reihe.

»Ich freue mich so«, verkündete Felicitas.

»Und ich erst«, sagte Lukas trocken.

»Das sieht man dir auch an«, bestätigte Rani. »Du bist ganz bleich.«

Instinktiv wollte Lukas sich anschnallen, aber es gab natürlich keine Gurte.

»Gibt es einen Countdown?«, fragte er.

»Einen was?«, wollte Rani wissen.

Wieder erklang das schnalzende Geräusch. Und während Lukas es noch verarbeitete, sauste er bereits wie eine Kanonenkugel durch die Luft. Wie in einer Achterbahn ging es allen Gesetzen der Physik zum Trotz im Kreis nach oben, der Boden wurde immer kleiner, blieb unter ihnen zurück. Schließlich war der Wald nur noch ein grüner Punkt.

Jeder Muskel in Lukas' Körper tat weh, so sehr verkrampfte er sich. Menschen waren einfach nicht dafür gemacht, außerhalb eines Flugzeuges in dieser Höhe durch die Luft zu segeln.

Was, wenn der Zauber versagte? Stürzten sie dann in den Tod?

Ella hielt die Arme um ihren Oberkörper geschlungen und hatte die Augen geschlossen. Womöglich eine gute Idee. Doch bevor Lukas es nachmachen konnte, tauchte die Unterseite der Stadt auf.

Es sah aus, als hätte jemand Gestein aus einem Berg herausgebrochen, in den Himmel gesetzt und eine Stadt obenauf. Gezackte Felsen und Erde bildeten die unebene Unterseite der Himmelsstadt.

Sie flogen weiter und landeten sanft auf einer Plattform.

Staunend sah Lukas sich um. Die Häuser wirkten wie kleine Paläste aus Marmor, Gold und Glas. Überall wuchsen Bäume und Blumen, in der Luft lag ein würziger Geruch. So weit das Auge reichte, sah er Marktstände, hinter denen Wesen Ware anboten.

»Wow«, sagte Lukas.

»Wie der Markt in Winterstein«, kommentierte Ella. »Nur besser.«

Sie ließen sich von der Menge treiben, die auf die Stände zuströmte. Vermutlich hätte Lukas' Mutter hier gleich mehrere Tage verbringen können.

»Die Völker kommen von überallher, auch aus anderen Flüsterwäldern«, erklärte Felicitas. »Der Himmelsmarkt ist eine Reise wert. In den Schlafhäusern kann man die Nacht verbringen.«

»Das dürften dann wohl Hotels sein«, sagte Ella leise.

Lukas bestaunte die Auslagen.

Ein Vertreter des Stollenvolks bot Diamanten, Rubine und Smaragde an. Als sie seinen Stand passierten, starrte er mit verliebtem Blick Punchy an, die maunzte und ihm zublinzelte.

Nur um den Bereich mit den Elfenständen machten sie einen großen Bogen, schließlich sollte niemand Felicitas sehen. Das wäre sofort Stadtgespräch gewesen und damit auch dem König zu Ohren gekommen. Der hätte wiederum umgehend wissen wollen, wer die Begleiter seiner Tochter waren.

In der Ferne flitzten zwei Menoks vorbei, voll beladen mit Büchern.

Überaus unauffällig (›lasst uns dort lang gehen!‹) lenkte Rani sie prompt zu einem Stand, der Bücher verkaufte. Die Werke stapelten sich über- und nebeneinander. Wie Lukas es bereits in der Bücherei des Flüsterwaldes erlebt hatte, waren sie lebendig und unterhielten sich mit den möglichen Käufern. Außer sie wurden müde, dann konnte man sie nicht dazu bewegen, den Buchdeckel aufzuklappen.

Der Verkäufer war ein bärtiger Mann in den Vierzigern, der auf den ersten Blick wirkte wie ein Mensch, sah man davon ab, dass seine Haut einen Blauschimmer besaß. Seine Schultern waren breit, die Arme dick von Muskeln.

»Schau, sein Hals«, flüsterte Felicitas.

»Sind das Kiemen?«

»Er gehört zum Volk der Lagunentaucher«, erklärte die Elfe. »Sie können unter Wasser atmen.«

Manchmal war Lukas einfach dankbar dafür, dass er mit seiner Familie in das Haus des Professors gezogen war. Andernfalls hätte er all die Wunder des Flüsterwaldes, die Völker und Magie niemals kennengelernt.

Sie betrachteten noch ein paar Stände, dann brachte Felicitas sie über einen kleinen Gang aus dem Marktgetümmel hinaus. Ausladende helle Straßen führten tiefer in die Himmelsstadt, bis keinerlei Touristen mehr zu sehen oder zu hören waren.

Hier holte Ella die Karte wieder hervor.

»Das Papier ist warm«, bemerkte sie.

»Ein gutes Zeichen«, sagte Rani. »Wir kommen also näher.«

Erneut erschien die Bleistiftzeichnung auf dem Papier, nur um kurz darauf wieder zu verschwinden. Lukas war sich nicht sicher, doch gleichzeitig mit der Erwärmung schien sie in kürzeren Abständen aufzutauchen.

Sie orientierten sich an der Reaktion der Karte und bewegten sich so auf das Ziel zu. Wenn das Papier wärmer wurde, gingen sie weiter. Wurde es kälter, kehrten sie um.

Irgendwann standen sie ratlos auf einem Gehweg.

»Ich verstehe das nicht«, sagte Ella verzweifelt. »Wohin wir auch gehen, es wird kälter. Aber hier ist nichts.«

Sie sahen sich um.

In diesem Augenblick kam ein Windstoß auf. Die Karte rutschte Ella aus den Fingern. Blitzschnell fing Lukas sie auf.

»Sie ist wärmer.« Stirnrunzelnd legte er sie auf den Boden. »Noch wärmer.« Er begriff. »Wir müssen tiefer.«

»Aber unter uns ist nichts mehr«, sagte Felicitas. »Nur … die Unterseite der Stadt.«

Und die war unerreichbar.

Klettern über den Wolken

Vorsichtig linste Lukas über den Rand der Stadt. Allein der Anblick löste das Gefühl aus, in die Tiefe zu stürzen.

»Ich sehe Wolken«, erklärte er in sicherem Abstand zum Abgrund. »Von oben!«

Mittlerweile war klar, dass die Karte sie nach unten lotsen wollte. Da die Himmelsstadt über keinerlei Kanalisation oder Höhlen verfügte, musste sich der zweite Teil der Karte auf der Unterseite der schwebenden Stadt befinden.

»Aber das ist doch leicht«, merkte Rani an. »Felicitas fliegt einfach nach unten.«

Alle Augen richteten sich auf die Elfe.

Mit roten Wangen erklärte sie: »Es tut mir so leid, aber

das wird nicht gehen. Magie hält die Himmelsstadt hier oben. Jede andere Magie in diesem Bereich wird neutralisiert, damit die Stadt sicher ist. Lediglich Artefakte behalten ihre Funktion. Wenn ich also über den Rand fliege und den Bereich des Zaubers erreiche …«

»Wird deine Flugmagie aufgelöst«, vollendete Ella. »Du würdest fallen. Na gut, dann nehmen wir das Flugpulver.«

»Hatte ich das nicht erwähnt?« Lukas räusperte sich. »Bei der Sache im Stollen wurde alles verbraucht.«

Rani plumpste auf sein Hinterteil und kratzte sich mit dem Greifschwanz am Kopf. »Aber wie sollen wir dann an das zweite Stück kommen? Ihr wollt mich hoffentlich nicht noch mal werfen.«

»Wir wüssten ja nicht mal, wohin«, beruhigte Lukas den Menok.

»Mein Großvater muss doch auch irgendwie versucht haben, das zweite Teil zu erreichen. Wir wissen, dass er den ersten Teil gefunden hat.« Ella sank neben Rani in den Schneidersitz. »Wenn er keine Magie benutzen konnte, blieb nur eine Möglichkeit.«

»Klettern.« Lukas nickte langsam. »Hatte er eine Ausrüstung?«

»Daheim bestimmt«, erwiderte sie. »In seinem ... eurem Keller liegen bestimmt noch alle möglichen Dinge herum.«

Was Lukas zu dem Gedanken führte, dass er den Keller des Hauses noch gar nicht untersucht hatte.

»Aus was besteht denn so eine Ausrüstung?«, fragte Felicitas, die über Punchy schwebte.

»Ein Seil und Haken, die man zum Sichern in das Gestein schlägt«, erklärte Ella.

»Dazu ein Hammer, damit das überhaupt funktioniert«, ergänzte Lukas.

»Ich habe eine Idee!« Felicitas drehte einen Looping in der Luft.

»Beinhaltet deine Idee einen Zauber, der uns alle umbringt?«, fragte Rani mürrisch.

Ohne zu antworten, sauste die Elfe davon.

Verwirrt blickte Ella ihr nach. »Sollen wir ihr folgen?«

Lukas winkte ab. »Warten wir einfach.«

»Bin ich froh, dass ich als Kind nicht so viel Elfenstaub eingeatmet habe.« Rani seufzte. »Sonst würde ich jetzt auch die ganze Zeit herumwuseln.«

Sie mussten nicht lange warten, bis Felicitas zurückkehrte. Über ihr schwebten Seile, Metallösen und eine

Axt. »Einen Hammer habe ich leider so schnell nicht gefunden.«

»Wow, du bist genial!« Lukas betrachtete die Gegenstände. »Woher hast du das?«

Felicitas, deren Wangen einen leichten Rotton angenommen hatten, winkte lächelnd ab. »Es gab einen Stand, der Kletterausrüstung verkauft hat.«

»Was für ein Zufall.« Rani nahm ein Seil auf und zog daran.

»Ja, was für ein Zufall«, sagte Ella leise.

»Dann steht uns wohl eine Kletterpartie bevor.« Lukas schluckte. »Ohne Magie.«

»Wir schlingen das Seil um einen der Bäume«, Felicitas deutete an den Rand des Parks, der an den Abgrund anschloss. »So kann dir nichts passieren, Lukas.«

»Und mir auch nicht«, stellte Ella klar. »Ich gehe natürlich mit.«

Auf der einen Seite war Lukas der Meinung, dass es völlig ausreichte, wenn einer von ihnen beiden sich in Gefahr begab. Auf der anderen war er dankbar, nicht alleine dort hinunter zu müssen.

»Bergsteiger gehen immer zu zweit«, ergänzte Ella. »Um sich gegenseitig zu sichern.«

Sie legten das Seil um den Baum und verknoteten es. Die Länge war ausreichend. Ausgerüstet mit den Taschen voller Ösen, die Axt in seinen Gürtel gesteckt, ließ sich Lukas über den Rand der Stadt hinab. Das Mondlicht beschien die Wolken von oben. Vermutlich war die Magie dafür verantwortlich, dass es überhaupt nicht kalt und die Luft nicht zu dünn war.

Für einige Sekunden hing Lukas über dem Nichts. Wenn das Seil nun riss, würde er in den Tod stürzen. Wie lange ein Mensch aus dieser Höhe wohl fiel?

»Alles okay?!«, rief Ella von oben.

»Bestens«, krächzte er.

»Da fehlt die Begeisterung«, gab sie zurück. »Und du musst deine Stimme stützen, das lernst du in der Theater-AG.«

»Bestens!«, brüllte Lukas. »Ihr müsst mich leicht schwingen, damit ich den nächsten Felsen erreiche.«

Die Unterseite der Stadt hatte etwas von einer Höhlendecke, aus der Stalaktiten hervorwuchsen. Lang gezogene Hügel aus rissigem Felsgestein. Sie standen so nah beieinander, dass man gut dazwischen hindurchkommen konnte.

Er schrie auf, als das Seil sich bewegte.

Der Fels kam näher und nach dreimaligem Hin-und-her-Pendeln konnte Lukas die geriffelte Oberfläche greifen. Mit beiden Beinen umklammerte er das Gestein, bis seine Füße in einer Kuhle Halt fanden. Wie abgesprochen nahm er sofort eine der Ösen heraus und schlug sie mit der Axt in den Felsen.

Erst nachdem er vier angebracht und auf weitere Säulen verteilt hatte, ließ sich Ella hinter ihm an einem zweiten Seil herab, das ebenfalls am Baum festgemacht war. Sie kam den gleichen Weg und hakte sich in denselben Ösen ein.

»Alles klar?«, fragte sie keuchend, als sie Lukas erreicht hatte.

Er nickte verkrampft.

Sie kletterten weiter zwischen dem Gestein hindurch. Je näher sie dem Zentrum der Stadt kamen, desto dichter wurden die Brocken. So war es leichter, den Fuß irgendwo abzustützen, Ösen einzuschlagen und voranzukommen.

»Hier müsste es sein, oder nicht?«, fragte Ella.

Inzwischen hatte sich die Karte deutlich erwärmt.

»Dort!« Lukas deutete auf eine besonders dichte Stelle vor ihnen.

Eine Halbkugel aus Stein war in den Felsen verbaut, hing wie ein Nest unter der Stadt.

Schweigend arbeiteten sie sich weiter vor. Lukas strauchelte mehrmals, doch das Seil hielt ihn. Er war müde und jeder Muskel in seinem Körper tat ihm weh. Sollte seine Mutter ihm jemals wieder vorschlagen, dass er doch die örtliche Kletterhalle besuchen sollte, anstatt ständig am Computer zu hocken, würde er freudig zusagen. Und dann sollte sie es vormachen. Genau!

Endlich erreichten sie die Kugel. Zuerst kletterte Lukas auf die Plattform, dann reichte er Ella die Hand, um sie hinterherzuziehen. Keuchend blieben sie nebeneinander liegen.

Als sein Atem wieder normal ging, richtete Lukas sich auf. »Oh, verdammt.«

Ella schoss sofort in die Höhe. »Was?«

Auf der Plattform lagen die Überreste eines Altars. Er war in der Mitte entzweigebrochen. Das Gestein wies Verzierungen auf, eingehauene Schnörkel und Symbole.

»Oh, verdammt«, echote die Enkelin des Professors. »Und jetzt?«

Lukas hatte keine Ahnung.

Der zerbrochene Altar

»Meinst du …«

»Dass die Karte auf dem Altar lag, als der noch ganz war?«, unterbrach ihn Ella. »Da gehe ich jede Wette ein. War unter der Erde ja genauso.«

»Wie sollen wir sie kopieren, wenn der Altar kaputt ist?!«

Ella griff in seinen Rucksack und zog den Duplizierstein hervor. »Versuchen wir es einfach.«

Sie führte das Artefakt über die zerbrochene Fläche und berührte eines der magischen Symbole. Nichts geschah.

Traurig ließ sie die Schultern hängen. »Was immer mit meinem Großvater passiert ist, ohne die Karte finden wir das niemals heraus.«

Lukas sank neben sie. »Es tut mir leid.«

Er fühlte sich schuldig. Womöglich war der Altar bis vor Kurzem noch an einem Stück gewesen. Der Felsbrocken im Zentrum des Raums deutete darauf hin, dass er von der Decke gefallen war und alles unter sich zerschmettert hatte. Vielleicht waren sie lediglich Minuten zu spät gekommen.

»Ich hätte dir gleich das Flüsterpulver geben sollen, damit du deinen Großvater suchen kannst.« Er warf Ella einen kurzen Blick zu, dann sprach er zögernd weiter: »Seit dem Umzug … Ich erreiche meinen besten Freund kaum noch. Er ist jetzt mit anderen unterwegs. Ständig sitze ich alleine daheim herum. Na ja, Rani, Felicitas und Punchy sind toll und es macht Spaß, mit ihnen abzuhängen, aber …«

»… du hattest Angst, dass du sie ohne das Flüsterpulver nicht mehr sehen kannst? Wortwörtlich.«

»Genau«, bestätigte er. »Es ist nichts mehr übrig, ich habe keine Ahnung, wie man an Neues herankommt.«

»Ehrlich gesagt, habe ich das auch nicht. Aber das fragen wir sie einfach später«, entgegnete Ella. »Irgendeine Möglichkeit gibt es da bestimmt. Einigen wir uns darauf, dass du schuld bist und mir einen Muffin ausgibst.«

»Moment mal!«

»Es ist so edel von dir, deine Schuld einzugestehen.« Ella blinzelte. »So mutig.«

»Du machst das echt gut«, musste Lukas zugeben. »Von mir aus, ich bin schuld. Aber nur dieses eine Mal.«

Ella lächelte breit. »Dafür zeige ich dir ein tolles Café, wo es die besten Muffins gibt.«

»Abgemacht.«

Sie schüttelten einander die Hand.

Dem zerstörten Altar zugewandt, sagte Ella: »Wir könnten ihn wieder zusammenbauen.«

Skeptisch blickte Lukas auf die tausend winzigen Gesteinsbröckchen, die neben den beiden Hauptteilen zerstreut lagen. »Das wird schwierig.«

»Wieso haben wir keinen Elfenstaub? Dann könnten wir einfach alles wieder magisch zusammenfügen …«

»Natürlich!« Lukas sprang auf, was aufgrund seiner müden Muskeln eher zu einem Taumeln wurde. »Das können wir doch!«

»Du hast Elfenstaub mitgenommen?«

»Brauchen wir gar nicht. Wir haben doch einen Duplizierstein. Wenn der erste Altar kaputt ist, erzeugen wir eben einen Ersatz.«

»Du bist brillant!« Ella sprang auf. »Und das werde ich niemals wieder sagen.«

Kurzerhand schnappte sie sich den Würfel. Sie räumten die Stelle frei, an der der Altar gestanden hatte. Die Enkelin des Professors stellte das Artefakt auf den Boden und berührte eines der verbliebenen drei magischen Symbole.

»Dann wollen wir doch mal sehen.« Sie wich zurück.

Der Würfel leuchtete grell auf, eine gewaltige Portion Elfenstaub flirrte hervor und wirbelte herum. Das Artefakt wurde langsam in die Höhe getragen – von dem Altar, der sich unter ihm wieder bildete.

Sekunden später war alles vorbei.

»Es hat funktioniert!«, freute sich Ella.

»Jetzt der nächste Teil.«

Dieses Mal war es Lukas, der an den Würfel trat und das vorletzte Symbol berührte. Das Schauspiel wiederholte sich. Magie knisterte, Elfenstaub flirrte.

Der zweite Teil der Karte erschien.

Freudig nahm Ella sie auf. »Wir haben es geschafft.«

Während Lukas den Würfel verstaute, nahm sie das Pergament an sich. Zur Sicherheit hatten sie den ersten Teil der Karte in der Obhut von Rani zurückgelassen, der diese in seinem Fellbeutel untergebracht hatte.

Wieder ließ Lukas sich mit dem Seil herab, bis seine Füße seitlich die Felsen berührten. Der Rückweg ging etwas leichter, weil er sich an die Art des Kletterns gewöhnt hatte und sie keine Ösen mehr einschlagen mussten.

Als er die zweite Felsenspitze erreicht hatte, kam Ella ebenfalls aus der Halbkugel herausgeklettert.

Der Wind frischte auf. Vermutlich regnete es unter den Wolken erneut, außerhalb des Flüsterwalds klatschten Regentropfen gegen die Fenster der Bewohner von Winterstein. Doch hier oben war die Sicht klar.

Der Mond stand silbern am Himmel und entriss die Unterseite der schwebenden Stadt teilweise der Finsternis. Im Silberglanz bewegten sich Ella und er schattengleich zwischen den weißen Wattewolken und dem beleuchteten Gestein voran. Der Anblick nahm Lukas gefangen. Wer konnte schon von sich behaupten, so etwas jemals gesehen zu haben?

Er lächelte …

… und verlor den Halt.

In einem Augenblick hing er noch zwischen Mond und Wolken, dann fiel er wie ein Stein in die Tiefe. Er hatte nicht einmal Zeit zum Schreien, so schnell ging es.

»Lukas!«, brüllte dafür Ella.

Das Seil spannte sich, jedoch lediglich für eine Sekunde. Mit einem gnadenlosen *Pling* riss die Öse entzwei, an der er hing.

Wieder ging es in die Tiefe. Ein weiterer Ruck. Die nächste Öse versagte.

Über ihm versuchte Ella, das Seil zu halten, er konnte es sehen. Doch sein Gewicht kombiniert mit der Wucht des Falls war zu viel. Das Seil scheuerte ihr die Handflächen auf.

Dann waren alle Ösen fort und Ella selbst war der letzte Halt. Die Wucht riss auch sie in die Tiefe.

Die Wolken kamen näher.

Plötzlich wurde es eisig kalt, das Atmen fiel Lukas schwer. Er war so tief gefallen, dass er den magischen Bereich der Stadt verlassen hatte.

Endlich stoppte der Fall.

Und da hingen sie.

Fast glaubte er, die Wolken mit seinen Fingern berühren zu können, so nah war er ihnen. Das Licht des Mondes umfing ihn wie magischer Elfenstaub. Hoch über ihm war auch Ella zum Stillstand gekommen.

»Geht es dir gut?!«, brüllte sie.

»Die Frage ist jetzt nicht dein Ernst!«

»Okay, du bist noch am Leben. Wir müssen am Seil nach oben klettern!«

»Ach, wirklich?«

Das Problem war, dass die Enkelin des Professors auch Lukas' Gewicht trug. Sie konnte also erst mit dem Aufstieg beginnen, wenn er am Seil entlang nach oben gekommen war.

Zitternd ergriff er das Einzige, was ihn vor dem sicheren Tod bewahrte, und zog sich hinauf.

Stück für Stück näherte er sich Ella, deren Handflächen ganz aufgeschrammt waren. Sie zitterte.

»Ich habe versucht, dich zu halten«, sagte sie.

»Wir schaffen es«, gab er zurück.

Sie wechselten einen kurzen Blick. Hoffnung keimte in Lukas auf. Sie konnten es schaffen! Nein, sie *würden* es schaffen!

Doch da riss das Seil.

Im freien Fall

Aus!

Lukas hatte davon gehört, dass einem im Augenblick des Todes das gesamte Leben noch einmal vor dem inneren Auge vorbeischoss. Mit seinen zwölf Jahren hatte er schon einiges erlebt und an genau das dachte er nun.

Er erinnerte sich an seine alte Schule, wo er jede Stunde mit Leichtigkeit hinter sich gebracht hatte. Ganz im Gegensatz zu der neuen. Hier wollte sich bisher niemand mit ihm abgeben, immerhin war er der Sohn von Herrn Lamprecht. An seinem alten Wohnort hatte er stundenlang mit Micha Muffins gegessen, Playstation gezockt oder gelesen. Seit er hier in Winterstein angekommen war, hatte ihn ein Wark aufgeschlitzt, er war von der

Blinzelbahn geschleudert worden, hatte sich mit lebendigen Flüssen, Bolden, Lava und einer gewagten Kletterpartie unter der Himmelsstadt herumgeschlagen.

Nun folgte also unweigerlich der Tod.

Verwundert realisierte Lukas, dass er schon ziemlich lange über sein Leben nachdachte. Sollte so ein Sturz nicht zügiger vonstattengehen?

»Wir schweben«, erklärte Ella.

»Aber … wie?«

Um sie herum gab es nur das Watteweiß der Wolken. Lukas bewegte die Arme. »Hey, die fühlen sich total fluffig an.«

»Sind ja auch Wolken.«

»Aber bestehen die nicht aus Wasserdampf und Eiskristallen?«

Stattdessen war es überraschend trocken. Dazu roch es nach Lavendel und ein Silberschimmer lag in der Luft, als reiche der Schein des Mondes bis tief hinein in die Substanz der Wolken.

Bevor Lukas weiter darüber nachdenken konnte, was hier los war, kam ein winziges Geschoss von oben herangesaust. Ausnahmsweise handelte es sich dabei jedoch nicht um Rani.

»Euch geht es gut!« Felicitas war ein wenig außer Atem. »Was für ein Glück, dass die Elfenstaubfelder euren Sturz gebremst haben.«

»Die was?« Lukas sah sich noch verwirrter um.

Die Elfe breitete die Arme aus. »Na, die Felder. Sie fangen das Silberlicht des Mondes auf. Wenn sie gesättigt sind, schweben sie als Elfenstaub herab auf unsere Felder und wir ernten ihn. Damit der Reifeprozess unterstützt wird, haben wir die Wolken ein wenig heimeliger gemacht.«

»Ja, klar, warum sind wir da auch nicht sofort draufgekommen«, sagte Lukas trocken.

Erst jetzt erkannte er die Abermilliarden winziger Partikel, die Felicitas benutzte, um Zauber zu wirken. Elfenstaub. Er war überall um sie herum.

»Moment, wie bist du denn hier heruntergekommen?«, fragte Ella. »Ich dachte, dein Flugzauber wird neutralisiert.«

»Das stimmt«, gab sie zu. »Aber wir haben über den Rand geschaut und gesehen, dass ihr in die Tiefe stürzt. Also bin ich gesprungen. Ich wollte euch einholen und dann mit Elfenstaub den Fall bremsen.«

»Du wusstest gar nicht, dass die Elfenstaubfelder hier sind?«, fragte er.

Die Elfe schüttelte den Kopf. »Sie ändern ständig die Position, damit sie das Mondlicht optimal abbekommen.«

Einmal mehr war Lukas von diesem Mädchen beeindruckt, das gar nicht zu bemerken schien, wie mutig es war, was sie getan hatte. Um Ella und ihn zu retten, war sie einfach über den Rand der Himmelsstadt gesprungen.

»Das ist … danke«, hauchte Lukas.

»Wow, voll mutig«, sagte die Enkelin des Professors.

Ein zarter Rotton bildete sich auf Felicitas' Wangen. »Ich habe Rani und Punchy gesagt, sie sollen den Aufzug nehmen.«

»Es gibt einen Aufzug?« In Gedanken sah Lukas sich selbst, wie er von dem Katapult in den Himmel geschossen wurde.

»Aber ja. Der ist total lustig. Er klinkt sich einfach aus und rast mit den Passagieren nach unten. Ich glaube, Rani hat ihn bisher nie benutzt. Das wird ein Spaß für die beiden.«

Felicitas nahm ein wenig Elfenstaub aus der Luft, warf die Partikel auf Ella und Lukas und murmelte ein paar magische Worte auf Elfisch.

Sanft glitten sie durch den Boden der Wolken. Unter

ihnen erschienen die Bäume des Flüsterwalds als grüne Tupfen.

»Wenn ich das alles meinem Großvater erzähle«, schwärmte Ella.

»Wird er dich mit einem neuen Zauber zu Hause einsperren?«, erweiterte Lukas den Satz.

»Du hast recht, vielleicht lasse ich das lieber.« Sie schlug zufrieden einen Purzelbaum. »Das ist alles so schön.«

Ihre gute Laune färbte auf ihn ab und erstmals konnte er die luftige Höhe genießen.

»Habt ihr die Karte denn gefunden?«, fragte Felicitas gespannt.

»Oh ja.« Er fasste zusammen, was unter der Stadt geschehen war. »Aber jetzt hat der Duplizierstein nur noch einen Zauber übrig.« Lukas reichte der Elfe das Artefakt zurück.

In einigen Metern vom Katapult entfernt kamen sie auf dem Boden auf. Gerade rechtzeitig, um der Ankunft eines wutschnaubenden Rani beizuwohnen, der von einer gelangweilten Punchy begleitet wurde.

»Das hast du mit Absicht gemacht!« Das Fell des Menoks war zerzaust. »Nie wieder betrete ich diesen dämlichen Aufzug.«

Felicitas gab sich unschuldig. »Niemals hätte ich damit gerechnet …«

»Lüg doch nicht!«

Und wieder begann ein hitziger Schlagabtausch zwischen den beiden.

»Machen sie das häufiger?«, fragte Ella.

»Ständig.« Lukas winkte ab. »Lass uns die Karten zusammenfügen.«

Das Streitgespräch endete wie ausgeknipst.

Sie stellten sich im Kreis zusammen auf. Rani nahm den ersten Teil aus seinem Fellsack und sie legten beide Teile übereinander. Es wirkte, als würden die Papiere flüssig, dann gab es nur noch eines.

»Wow. Die Linien verändern sich und sie sind auch viel deutlicher«, staunte Lukas. »Wisst ihr, wo sich der nächste Ort befindet?«

»Ja klar«, kommentierte Rani. »Wenn ich dir ein Haus irgendwo aufmale, weißt du bestimmt auch sofort, wo das in eurer Stadt steht.«

»Ich weiß es«, sagte Felicitas. »Kannst du bitte nochmals den Vers aufsagen?«

Ella nahm ihre Aufzeichnungen heraus und las:

Drei Teile, um das Verborgene zu enthüllen,
das Vergessene zu sehen.
Wo Erde, Feuer, Luft auf Wasser trifft.

»Also Erde und Feuer bezogen sich auf das Stollenvolk«, schloss Lukas. »Luft war die Himmelsstadt.«

Felicitas nickte. »Ja, ich bin ziemlich sicher, dass ich den nächsten Ort kenne.«

»Vielleicht sollten wir es einfach doch ohne den letzten Teil versuchen«, sagte der Menok. »Wer braucht schon drei. Weiß doch jeder, dass aller guten Dinge zwei sind.«

»Raus damit«, forderte Ella. »Wieso hast du vor dem Wasserteil Angst?«

Lukas erwartete, dass Rani heftig protestierte. Er hatte doch keine Angst! Doch der Menok schwieg.

»Nun gut«, piepste Felicitas. »Ich erkläre es euch am Ziel. Blinzeln wir uns an den östlichen Waldrand.«

Punchy maunzte protestierend auf.

Doch die Elfe hatte sich bereits auf den Weg zur Blinzelbahn gemacht.

Mit einem flauen Gefühl im Magen folgte Lukas ihr.

Wovor hatten seine Freunde solche Angst?

Der östliche Rand

Die Blinzelbahn brachte sie zu einer Station, die sich gänzlich von allen anderen unterschied. Das Podest war von Algen überwuchert, auf dem Boden stand knöcheltief das Wasser.

»Was ist hier passiert?«, fragte Lukas.

Statt einer Antwort führte Felicitas sie einfach aus der Station und zu einem Strand. Dunkler Geröllsand umrahmte einen gewaltigen See, der bis zum Horizont reichte. Plastikflaschen, Fast-Food-Verpackungen und angerissene Bierdosen lagen überall herum. Es roch nach Müll.

Lukas starrte entsetzt auf die Verschmutzung.

»Tja, das seid ihr«, erklärte Rani, die kleinen Ärmchen in die Seite gestemmt.

Felicitas schaute traurig über das Wasser. »In den dunklen Jahren war der Schutz des Waldes durchlässig. Das ist der See der Meerjaner. Sie waren ein freundliches Volk, das mit anderen auf dem Land Handel trieb. Doch als wir mit Magie den Schutz des Waldes wieder aufbauen konnten … ging etwas schief.«

»Ihr habt Müll herbeigezaubert«, flüsterte Ella und betrachtete einen Berg weggeworfener Windeln mit Ekel.

»Überirdisch ist der Wald abgegrenzt, doch unter Wasser gibt es Risse, die den See mit dem Meer der Menschen verbinden. Die Magie destabilisierte alles, hat tiefe Schluchten geschaffen und Strömungen erzeugt.«

»Und durch die Spalten kommt der Müll zu euch«, begriff Lukas. »Das ist ja schrecklich.«

»Die Meerjaner mussten sich in immer tiefere Gefilde zurückziehen. Heute kommen sie gar nicht mehr herauf, weil sie dafür durch den ganzen Müll hindurchmüssten. Das ist sehr gefährlich, weil die giftigen Stoffe sich im Wasser ausbreiten.« Felicitas seufzte. »Dabei hatten sie so schöne handgefertigte Muscheln. An Sommertagen kam ich immer mit meinen Geschwistern hierher und wir haben geplanscht. Die Meerjanerkinder durften dann auch an die Oberfläche.«

Zum ersten Mal wirkte Punchy nicht mehr, als sei ihr alles egal. Mit traurigen Kulleraugen blickte die Katze auf den See hinaus, als habe sie die wunderschönen Sommertage vor Augen, von denen Felicitas gerade berichtet hatte.

Lukas schluckte einen Kloß hinunter. Er konnte nichts sagen, was all das entschuldigte. Am liebsten hätte er sich einen Bagger geholt, um wenigstens den Strand sauber zu machen. Wenn die Strömung aber beständig neuen Müll herantrug, war das aussichtslos.

»Und wir müssen jetzt dort runter?« Ella deutete auf das brackige Wasser. »Toll. Schwimmt da hinten etwa ein rostiges Ölfass?«

»Hier schwimmt einfach alles«, erklärte Rani. »Deshalb werde ich auch keine Tatze in diesen See setzen.«

Punchy nickte bekräftigend.

Die Karte erwärmte sich deutlich, wenn sie dem See nahe kamen, was Lukas bestätigte, dass der nächste Teil unter Wasser zu finden war. Er erinnerte sich dunkel an die Zaubertränke in seinem Rucksack und kramte darin herum.

»Ich wusste es!« Triumphierend zog er drei Fläschchen hervor. »Ein Unterwassertrank.«

»Oh.« Ella nickte schwer. »Davon hat mein Großvater mir erzählt. Der legt einen hauchdünnen Schutz um deinen Körper, die Kleidung wird nicht einmal nass. Man kann reden und atmen. Damit würde uns auch das Gift im Wasser nichts anhaben können. Aber er konnte die genaue Dosis nie so richtig treffen. Die Wirkung schwankt.«

In Gedanken sah Lukas erneut seinen Sturz von der Himmelsstadt. Eigentlich hatte er genug von Nahtoderfahrungen. Andererseits standen sie so kurz vor dem Ziel, dass eine Umkehr einfach ausgeschlossen war.

Kurzerhand entkorkte er das Fläschchen und stürzte die blau-grüne Flüssigkeit darin hinunter. »Igitt, das schmeckt wie verschimmelte Algen.«

»Das hat er auch gesagt«, sagte Ella. »Dann gib mir das zweite.« Sie trank.

»Nein!« Rani schüttelte energisch den Kopf. »Wasser ist nicht gut für mein Fell. Und Gift auch nicht.«

Felicitas schluckte schwer. »Ich möchte euch nicht alleine gehen lassen, aber wenn der Trank nachlässt, greift das Gift sofort meine Flügel an.«

»Lukas und ich gehen zu zweit«, erklärte Ella. »Auf diese Art haben wir auch noch Nachschub von dem Zaubertrank. Sollte die Wirkung zu früh nachlassen, trinken wir etwas davon.«

Bisher war von besagter Wirkung allerdings nichts zu spüren. Lukas ging näher an den See heran. Die Karte hatte er sich um den Unterarm gewickelt, damit er die Veränderung in Wärme und Kälte spüren konnte.

Als er mit den Spitzen seiner Turnschuhe das Wasser berührte, überzog ein Glimmen seine Haut. Wie eine Luftblase, die seine Körperkonturen nachzog, wurde er von einer schützenden Hülle umfangen. Er ging weiter und nach wenigen Schritten schlug die Wasseroberfläche über ihm zusammen, aber er blieb so trocken, als wäre er noch an Land. Auch atmen konnte er ohne Probleme.

Das Glimmen auf seiner Haut sorgte glücklicherweise für Licht, denn hier unten gab es keinen Mondschein.

Ella tauchte neben ihm im Wasser auf. »Wow, das ist total cool. Und ich kann wirklich immer noch sprechen. Klingt nur irgendwie dumpf.«

Die Konturblase überzog auch Lukas' Rucksack, den er nicht oben hatte zurücklassen wollen. Wer konnte schon ahnen, ob sie etwas daraus benötigten? Außerdem war der Duplizierstein sicher darin verstaut. Ella hatte den Ersatztrank an sich genommen.

Der Boden des Sees fiel steil ab und nach wenigen Minuten schwebten die Enkelin des Professors und er im Nichts zwischen einer unergründlichen Tiefe und der Wasseroberfläche.

Sie waren nicht alleine. Plastiktüten und giftgrüne Schlieren durchzogen das Dunkel. Die Verschmutzung war noch schlimmer, als er gedacht hatte. Vielleicht gab es in einem der Bücher des Professors eine Lösung für das Problem. Lukas nahm sich fest vor, den See irgendwie zu reinigen.

Immer tiefer glitten sie hinab, bis der Müll über ihnen zurückblieb. Das Wasser hier unten war klarer. Die magische Hülle beschützte sie auch vor dem Wasserdruck und das Atmen klappte glücklicherweise immer noch.

Sie tauchten durch zerklüftete Felsen, die wie Schluchten anmuteten. Seetang waberte langsam hin und her, erste kleine Krebse wurden sichtbar. Fischschwärme sausten vor dem Glimmen ihrer Haut davon.

»Hier unten ist noch alles unberührt«, hauchte Ella, während sie die Umgebung bewunderte. »Wie ein Reich im ewigen Schlaf.«

»Ist es irgendwie ja auch«, sagte Lukas. »Nur schade, dass wir die Meerjaner nicht kennenlernen können.«

»Schade? Die wären bestimmt nicht begeistert von uns, immerhin sind wir Menschen. Und die haben all das hier angerichtet.«

Für die Flüsterwäldler mussten die Menschen tatsächlich mit allem Schlechten verbunden sein. Die dunklen Jahre, der böse Magier, die Verschmutzung – er hätte wohl auch schlimm von sich gedacht. Kein Wunder also, dass die Warks so viele Freiheiten bekommen hatten.

»Was sagt die Karte?«, fragte Ella.

»Wird ständig wärmer.«

Sie tauchten durch eine enge Schlucht hindurch und umrundeten einen Felsen.

Der Anblick, der sich ihnen bot, ließ Lukas den Atem stocken. Der gesamte Boden war von Wracks bedeckt. Er entdeckte Schiffe, U-Boote, sogar Flugzeuge.

»Wie kommen die alle hierher?«, hauchte Ella.

»Die Risse.« Lukas nickte leicht. »Wenn die tatsächlich überall auf der Welt erscheinen …«

»… landen all die verschollenen Schiffe hier. Schau nur, das da vorne sieht aus wie ein alter spanischer Dreimaster.«

Das Schiff entstammte locker dem vor-vorigen Jahrhundert. Hier unten mussten Generationen begraben liegen. Eine Gänsehaut kroch Lukas' Nacken herauf.

Was gab es wohl in all den Wracks zu erkunden? Verborgene Schätze. Verlorene Schicksale. Rätsel aus alter Zeit.

Er konzentrierte sich auf die Temperatur und drehte einen Kreis im Wasser. »Dort entlang.«

Gemeinsam glitten sie auf den Friedhof am Grund des Sees zu.

Am Grund des Sees

Sie glitten an verrosteten Schiffswracks vorbei, Fischschwärme flitzten im Schein des Lichts davon, um sich in der Dunkelheit zu verstecken.

»Stell dir nur vor, was in diesen Schatten lauern könnte.« Ella fröstelte.

Lukas verzichtete dankend darauf. Liebend gerne hätte er sich jetzt gemütlich mit Chips, Schokolade und Limonade zurückgelehnt, um im Fernsehen zu beobachten, was weiter geschah. Bedauerlicherweise war er aber nun einmal Teil des Abenteuers.

Immerhin, die Karte um sein Handgelenk erwärmte sich deutlich.

»Schau!« Ella deutete auf eine Galeere, die so gar nicht

zu den rostzerfressenen Schiffen ringsum passen wollte. »Die ist viel älter.«

»Dort müssen wir hin.«

»Wenn ich mir vorstelle, dass mein Großvater das alles alleine gemacht hat. Ich will gar nicht daran denken.«

Lukas hätte um seine Eltern auch Angst gehabt. Die waren uralt, schon Mitte vierzig.

Sie erreichten die Galeere und setzten auf den Holzbohlen des Decks auf. An den Masten hingen zerfetzte Segel, die in der leichten Strömung waberten. Die Schiffswand war von Muscheln bedeckt.

»Lass mich raten«, flüsterte Ella, »wenn du in die Hocke gehst, wird es wärmer?«

Lukas testete es aus und nickte bedauernd. »Wir müssen wohl unter Deck.«

Im vorderen Bereich verschloss ein viereckiges Gitter im Boden den Zugang. In den Ösen hatte ein Vorhängeschloss so groß wie Lukas' Hand gehangen, doch jemand hatte es in zwei Stücke zerbrochen.

Ella und Lukas wechselten einen kurzen Blick, dann öffneten sie gemeinsam das Gitter. Stufen führten in die Tiefe. Als sie den Boden erreichten, entflammten Fackeln an der Wand. Trotz des Wassers ringsum loderten die Flammen unbeeindruckt.

In der Mitte stand ein Altar.

»Das ist wirklich seltsam«, sagte Ella.

»Was meinst du?« Lukas war bereits auf dem Weg, hielt bei ihren Worten aber in der Bewegung inne.

»Ich frage mich gerade, wer diese Karte überhaupt angefertigt hat, die zum Herz des Waldes führen soll?«

»Vielleicht dieses verlorene Volk?« Lukas zuckte mit den Schultern. »Keine Ahnung. Aber dein Großvater hat sie wohl zusammengesetzt, oder nicht?«

»Er war ganz verrückt nach diesem Rätsel.« Ella schwamm zu dem Altar. »Bringen wir es zu Ende, dann wird sich das klären.«

Lukas holte den Duplizierwürfel hervor.

Im gleichen Augenblick erfasste eine Erschütterung das Schiff. Wände, Boden, Decke, alles vibrierte. Bevor Lukas etwas sagen konnte, verwandelte sich die Umgebung in einen chaotischen Wirbel. Die Galeere wurde umgeworfen.

»Das Gitter!«, rief Ella.

Zu spät. Lautlos fiel es zu.

Eine weitere Drehung, dann lag das Schiff mit dem

Oberdeck nach unten auf dem Meeresgrund. Was zuvor der Boden gewesen war, bildete nun die Decke.

Eine undurchdringliche Decke.

»Da kommen wir nicht durch«, flüsterte Ella. »Wir sind gefangen.«

Tief unter dem Wasser, in einem Schiff, das zur Todesfalle geworden war.

»Wie lange wirkt der Trank noch?«, fragte Lukas panisch.

»Keine Ahnung.« Ella griff in ihre Tasche. »Wir haben nur ein Fläschchen übrig.«

Sie begannen damit, das Schiff nach einem Ausgang abzusuchen. Doch abgesehen von den Schießscharten, in denen wohl früher einmal Kanonen angebracht gewesen waren, gab es keinen Weg nach draußen.

»Du würdest da durchpassen.«

»Vielleicht knapp.« Ella blickte skeptisch auf eines der Löcher. »Aber was ist mit dir?«

»Felicitas kann mit ihrem Elfenstaub bestimmt etwas machen«, sagte er. »Das ist die einzige Möglichkeit.«

Mit einem Satz war Lukas wieder neben dem Altar, der auf der Seite lag. Unter Aufbietung seiner ganzen Kraft stellte er ihn wieder auf und berührte das letzte Symbol am Duplizierstein. In einem lichternden Flirren entstand der dritte Teil der Karte. »Das war's.« Er reichte Ella das Pergament. »Verstau es und dann los.«

Noch während er sprach, zerfiel der magische Stein zu winzigen Körnern. Er hatte seinen Dienst getan.

Sie nahm das Papier, rollte es unter dem Pulli um ihren Arm und wandte sich der Luke zu.

»Luk… da stimmt was n…« Die Enkelin des Professors griff sich an den Hals. »Keine Luft.«

Entsetzt realisierte er, dass der Unterwassertrank seine Wirkung verlor.

»Nimm ihn, schnell!«, forderte Lukas sie auf.

Ellas Hand zitterte, als sie das Fläschchen aus der Tasche zog.

Es entglitt ihren Fingern.

In Zeitlupe sank das Glas durch die Luft, fiel herab und landete in einer Holzspalte.

»Nein!« Lukas schwamm sofort hinterher und fischte danach.

»Keine … Luft.« Ellas Augen waren geweitet, nackte Angst lag in ihrem Blick.

Hektisch versuchte er, an den Flakon zu gelangen. Seine Fingerspitzen berührten das Gefäß, doch es saß fest.

Wie sehr er auch daran rüttelte, es wollte sich einfach nicht lösen.

Die Umgebung wurde erneut durchgeschüttelt, als etwas Großes das Schiff traf.

In diesem Augenblick begriff er, dass es kein Seebeben oder die Strömung gewesen war, die die Galeere umgeworfen hatten. In der Dunkelheit des tiefen Sees war etwas auf sie aufmerksam geworden. Sie waren Eindringlinge, ein Feind. Und alles, was zwischen ihnen und dieser Kreatur stand, waren die Wände des Schiffes.

»Lu…«

Ellas Stimme verwehte, ihr Gesicht lief blau an. Panisch zappelte sie, versuchte, Luft in ihre Lunge zu saugen. Doch ohne den magischen Trank konnte sie den Sauerstoff nicht aus dem Wasser ziehen. Sie ertrank.

»Nein!« Die Verzweiflung trieb Lukas an.

Mit seinen Fingern krallte er sich in das Holz, zerrte und riss daran. Ein Teil brach heraus, Splitter bohrten sich in seine Haut. Blut verteilte sich im Wasser, wie rote Tinte, die jemand ausgeleert hatte.

Doch noch immer saß der Flakon fest.

Er sah zu Ella, deren Bewegungen langsamer wurden, ihr Blick glasig.

»Halte durch, bitte«, flüsterte er.

Doch was er auch tat, der Flakon wollte sich einfach nicht lösen. Der Aufprall eines gewaltigen Körpers, ließ einen Teil der Wand zersplittern. Strömung wirbelte das Wasser auf. Ella wurde herumgeschleudert, krachte gegen die Wand.

Mit geschlossen Augen schwebte sie durch das Wasser. Reglos, bewegungslos, atemlos.

Noch nie zuvor hatte Lukas sich derart machtlos gefühlt. Nicht einmal, als der Wark ihn angegriffen hatte.

Hilflos

Es war ein Wunder, dass der Flakon nicht zerbrach, so fest zerrte Lukas daran.

Und tatsächlich wurde seine Beharrlichkeit belohnt: Das Behältnis löste sich. Er stieß sich vom Boden ab, glitt auf Ella zu und brachte die Öffnung nah an ihre Lippen. Dann riss er den Korken heraus. Die Flüssigkeit floss in den Mund seiner Freundin und entfaltete sofort ihre Wirkung.

Ein magisches Zittern legte sich auf ihren Körper, der Schutz erneuerte sich. Ruckartig schoss ein Schwall Wasser aus ihrem Mund, der sich um Lukas herum verteilte.

»Lecker«, kommentierte er trocken.

Sie blinzelte. »Das war knapp. Danke.« Ihr Blick fiel auf den Flakon. »Bist du verrückt?!«

»Das mit dem Danke hat mir besser gefallen.«

»Du hast mir alles gegeben! Was ist, wenn dein Trank nicht mehr wirkt? Wir haben ihn fast gleichzeitig genommen.«

Ein heißer Schreck durchfuhr Lukas. »Daran habe ich nicht gedacht.«

»Das ist … irgendwie süß. Und total dumm!«

Wieder krachte etwas gegen das Boot.

Sie schwammen zum Riss, der entstanden war, und lugten hinaus in die Tiefe des Sees.

»Was ist das?«, fragte Ella entsetzt.

Lukas konnte die Kreatur nur anstarren.

Es wirkte, als habe jemand ein Krokodil und eine Schlange gekreuzt. Ein lang gezogener, schuppiger Körper wand sich in der Dunkelheit. Die leuchtende Haut enthüllte gerade genug, dass Lukas sich vor Angst zusammenrollen wollte. Zwei Reihen spitz zulaufender Zähne blitzten auf, ein gebogener Giftzahn in der Mitte ergänzte das Ganze.

»Wenn das Ding uns erwischt …« Er musste den Satz nicht beenden.

Sobald der Trank seine Wirkung verlor, konnte Lukas sich entscheiden, ob er als Futter für die Bestie herhalten wollte oder lieber ertrank.

»Schau mal, da!« Ella deutete hektisch in Richtung des Gitters.

Dieses hatte sich zu einem schmalen Spalt geöffnet. Das Schiff war durch die Erschütterung noch einmal verrutscht, wodurch sich eine Öffnung gebildet hatte.

»Da können wir durch«, überlegte Ella. »Und dann zu einem der anderen Wracks. Wenn das unbemerkt gelingt, haben wir eine Chance.«

»Falls dieses Ding noch einmal gegen die Galeere kracht, zerquetscht sie uns unter sich.«

»Bessere Idee?«

»Nein.«

»Dann los!«, befahl Ella.

Sie schob sich durch den Gitterspalt. Lukas folgte dichtauf. Zwischen der Oberseite des Schiffes über ihm und dem Meeresboden war es so eng, dass er sich nur mit Mühe vorwärtsbewegen konnte.

Kiesel und Muscheln rissen Fetzen aus seiner Kleidung.

Sie erreichten den Rand der Galeere. In Sichtweite lagen weitere Schiffe, die aus Metall gefertigt waren.

»Bereit?«, fragte Ella.

»Nein«, sagte Lukas.

»Ich auch nicht. Also los!«

Nebeneinander schwammen sie in Richtung des nächstliegenden Kolosses – ein U-Boot. An der Seite des Unterwassergefährtes klaffte ein Riss. Es war nicht schwer zu erraten, woher dieser stammte.

Dummerweise riskierte Lukas einen Blick zurück.

Die Kreatur hatte sie bemerkt und schoss heran. Vermutlich waren sie einfach zu hell oder … ein Blutfaden schlängelte sich von seiner Handwunde davon. Er wusste, dass Schlangen Riechzungen besaßen. Konnte diese Kreatur sein Blut im Wasser dadurch bemerken?

Lukas legte seine gesamte Kraft in die Bewegungen, preschte voran, so schnell er konnte. Längst schmerzte jeder Muskel in seinen Armen.

Das Schlangenkrokodil kam so flink näher, dass eine Flucht aussichtslos erschien. Schon sah er die tückisch funkelnden Augen, die nadelspitzen Zähne.

»Los!«, brüllte Ella.

Sie schoss in den Spalt.

Lukas gab noch einmal alles und glitt in die Sicherheit des rostzerfressenen U-Bootes.

Der massige Leib der Kreatur schlug gegen die Metallwand, doch das Gefährt war massiv und schwer, bewegte sich nicht von der Stelle. Vermutlich hatten all die Muscheln auf der Oberfläche und die Pflanzen es längst mit dem Untergrund verwachsen lassen.

»Das war kna…«, wollte Lukas sagen.

Doch seine Stimme versagte.

Wasser drang in seinen Mund.

»Oh nein!« Ella begriff sofort, was los war.

Auch die Wirkung seines eigenen Tranks ließ nach. Doch es gab keinen Ersatz. Immer weniger Luft drang in seine Lunge, dafür immer mehr Flüssigkeit. Lukas begann panisch zu zappeln. Er brauchte Sauerstoff.

Ella schoss davon.

Sie ließ ihn alleine?

Sein Gesichtsfeld wurde kleiner, rote Schlieren bildeten sich. Kopfschmerz kam, verwandelte sich in pure Hitze, die sein Denken umfing.

Er dachte an seine Eltern, die niemals erfahren würden, dass er auf dem Grund eines Sees in einem magischen Wald gestorben war.

Sosehr er sich an sein Bewusstsein klammerte, es schwand. Und vermutlich war das auch besser so.

Etwas wurde über sein Gesicht gezogen. Sauerstoff schoss in seine Lunge, kühl, aber abgestanden.

»Eine Tauchermaske«, erklärte Ella. »Die waren da vorne in Fächern verstaut. Ich habe mal etwas in einem Buch von Großvater darüber gelesen.«

Langsam klärte sich Lukas' Geist. Er spuckte Wasser, wofür er die Maske leicht abzog, dann drückte er sie wieder auf sein Gesicht. So ging das einige Minuten, bis er endlich problemlos Luft schöpfen konnte.

Ella hatte ihm eine Maske aufgesetzt, die nur Nase und Mund bedeckte. An ihr angeschlossen war eine kleine Sauerstoffflasche, nicht länger als sein Unterarm. Eine kreisrunde Anzeige am Rand zeigte an, wie viel Sauerstoff noch darin war. Nicht viel. Nur für fünfzehn Minuten reichte das Gemisch.

»Alles klar?«, fragte Ella.

Lukas machte eine Daumen-Hoch-Geste. »Danke.«

Seine Stimme klang nur dumpf unter der Maske hervor, ohne die unterstützende Magie, die den Schall im Wasser verstärkte. Doch immerhin konnten sie kommunizieren.

»Was jetzt?«, fragte er.

»Also dieses U-Boot bewegt sich nicht mehr vom

Fleck«, erklärte Ella. »Und wir kommen auch nicht raus. Diese Kreatur ist zu schnell.«

Womit nur eine Lösung blieb. »Auftauchen«, sagte Lukas.

»Tolle Idee, Einstein. Und wie?«

»Mit dem Boot.« Er zog den Rucksack ab, öffnete ihn und betrachtete den Inhalt. Zufrieden hielt er einen Flakon in die Höhe.

»Schwerkraftumkehrtrank«, las Ella. »Oh nein, der ist total gefährlich! Mein Großvater ist beinahe ausgerastet, als ich ihn mal nehmen wollte. Ohne Dach fällst du bis hinauf in den Himmel und weiter, in die Atmosphäre.«

»Wir reiben ihn auf die Wand des U-Bootes«, sagte Lukas. »Und oben angekommen, springen wir ab.«

Ella wirkte weder begeistert noch überzeugt.

Leider hatten sie keine Wahl, wollten sie nicht als Schlangenkrokodilfutter enden. Es blieb die Herausforderung, das magische Zeug auf das Schiff aufzutragen, ohne es selbst abzubekommen.

Sie gingen ans Werk.

Das fliegende U-Boot

Ella hob ihre Hand bis dicht vor die Decke des U-Bootes, damit das Material von der magischen Blase bedeckt war. Auf diese Art war das Wasser fort und Lukas konnte die Tinktur auftragen. Sie verteilte sich sofort und blieb haften. Gemeinsam beträufelten sie die gesamte Decke. Nach etwa der Hälfte begann das Boot zu rumpeln. Ein vorsichtiger Blick aus dem Spalt verriet, dass sich Muscheln und Tang lösten.

»Es funktioniert!«, jubelte Ella.

Lukas atmete auf. Die Spitze der Sauerstoffanzeige seiner Taucherflasche näherte sich dem roten Bereich. In Kürze würde er wieder keine Luft mehr bekommen, dieses Mal endgültig. »Nicht aufhören.«

Geduldig trugen sie weitere Tinktur auf.

Wie in Zeitlupe hob sich das U-Boot. Angetrieben von magischer Kraft entstieg es seinem nassen Grab. Immer höher ging es hinauf. Das Schlangenkrokodil zog enger werdende Kreise, wollte nicht zulassen, dass seine sicher geglaubte Beute entkam. Mit dem Schwanz peitschte es gegen das U-Boot. Der Schwerkraftsog hielt sie auf Kurs, doch ein Teil der Wandverkleidung löste sich.

Mit Schrecken begriff Lukas, dass weitere Verluste der Wände, für ein Auseinanderbrechen des U-Boots sorgen könnten. Dann würde die Decke zwar in die Höhe steigen, doch der Rest einfach abbrechen und davontreiben. Ella und er würden schutzlos im Wasser schweben. Praktische Happen für zwischendurch.

Eine weitere Erschütterung kostete sie den hinteren Teil des U-Bootes. Vor ihnen, zum Greifen nah, zog der geschuppte Leib vorbei. Fast glaubte Lukas, das Zischen der Kreatur zu hören, was unter Wasser natürlich kaum sein konnte.

Wieder kam sie näher.

»Schnell, wir lassen Zeug heraustreiben!« Ella griff nach einer rostigen Armatur und warf sie aus dem Boot.

In einem normalen U-Boot waren die Konsolen, Stühle

und alle sonstigen Bestandteile fest verschraubt. Doch der Zahn der Zeit hatte an diesem seine wahre Freude gehabt. Rostzerfressenes Metall stellte kein Problem dar.

Sie warfen von alten Kaffeebechern bis zur losen Strebe alles hinaus, damit die Kreatur sich in Erwartung ihrer Beute daraufstürzte. Das Schlangenkrokodil schnappte anfangs nach allem, merkte jedoch recht schnell, dass es sich keinesfalls um leckere Menschen handelte.

Von diesem Punkt an schlug es die Gegenstände mit seinem Schwanz davon.

»Wir schaffen es nicht«, realisierte Lukas.

Die Oberfläche war noch zu weit entfernt.

Trübsinnig starrte er auf den fehlenden hinteren Teil. Die Weite der dunklen Unterwasserwelt nahm ihn gefangen, seine Lider flatterten. Wieso war er plötzlich so müde?

»Dein Sauerstoff ist fast leer.« Ella blickte panisch auf die Anzeige. »Du musst …«

Ja, was?

Eigentlich gab es nicht viel mehr zu tun. Außerdem wollte er schlafen. Es war tiefe Nacht und er sollte längst in seinem Bett liegen, die flauschige Decke übergestreift.

Roch es hier nach Muffins?

»Lukas!«, rief Ella.

Dann gab sie ihm eine Ohrfeige, was wirklich gemein war. Und unnötig.

»Wieso schlägst du mich?«

»Damit du wach bleibst!«

»Aber ich will nicht.«

»Schau!«, rief sie. »Das Schlangenkrokodil dreht ab!«

Genau genommen versuchte es, ihnen zu folgen, doch eine unsichtbare Barriere hielt es ab. Ob der Druckunterschied oder eine magische Sicherung dafür verantwortlich war, war Lukas ziemlich egal. Hier unten war es so schön dämmrig.

»Können wir nicht einfach hierbleiben?«, fragte er.

Das Sprechen fiel ihm schwer, irgendwie wollte seine Zunge nicht recht funktionieren.

Ella verschwand kurz aus seinem Blickfeld. Sie wollte davonschwimmen, stattdessen kehrte sie noch einmal um, verpasste ihm eine weitere Ohrfeige – »Nur zur Sicherheit, bleib wach!« – und schwamm weg.

Sie konnte ziemlich gut schwimmen. Und eigentlich war sie ganz nett, sah man davon ab, dass sie ihn ständig ohrfeigte. Jetzt tat es Lukas noch mehr leid, dass er am Anfang so ruppig zu ihr gewesen war.

»Nur ein kurzes Nickerchen«, murmelte er.

Das Wasser war doch recht warm, fand er.

Lukas gähnte.

Unter der Maske war das blöd, weshalb er sie kurzerhand vom Gesicht zog.

Die Eiseskälte schlug über ihm zusammen. Mit einem Mal begriff er seine Dummheit, doch die Maske entglitt seinen Fingern und verschwand irgendwo hinter ihm. Er kam nicht mehr an den Schlauch heran.

»Was tust du?!« Ella war wieder da. »Ich habe keine Sauerstoffflasche gefunden.«

Luft! Er benötigte Luft.

In diesem Augenblick durchbrach das U-Boot die Oberfläche des Sees. Das Wasser schwappte in einem großen Schwall heraus. Doch der Aufstieg endete nicht.

»Wir müssen raus!«

Lukas hatte noch gar nicht richtig begriffen, dass er wieder atmen konnte, da zerrte Ella ihn zur Abbruchkante und schubste ihn hinaus.

Ein kurzer Fall, dann war das Wasser überall. Hustend und spuckend kam Lukas an die Oberfläche. Er kraulte an den Rand des Sees und fiel japsend auf die Erde.

»Geht es dir gut?«, fragte Ella Sekunden später.

Sie war trocken, der Zauber hatte sie geschützt.

»Abgesehen davon, dass du mich dreimal geohrfeigt und aus einem fliegenden U-Boot geworfen hast, geht es mir bestens.« Er grinste. »Danke.«

Sie winkte nur ab. »Vergiss es.«

Über ihnen flog das U-Boot immer höher.

Gemeinsam rappelten sie sich auf. Nur wenige Schritte entfernt standen Felicitas, Rani und Punchy, alle drei klitschnass.

»Ihr solltet die Karte bergen«, erklärte der Menok wütend, »und nicht ein Menschenboot heraufholen.«

»Wir hatten ein paar Schwierigkeiten«, sagte Lukas.

»Kein Grund für Trübsal.« Die Elfe holte bereits aus, um Elfenstaub zu werfen. »Ich habe genau den richtigen Zauber.«

»Fel…«

Die Worte erstarben Lukas auf den Lippen. So musste es sich anfühlen, wenn ein Fön in wenigen Zentimeter Entfernung vor das Gesicht gehalten wurde und dann explodierte. Ein heiser Luftschwall wirbelte ihm um die Ohren.

Nach wenigen Sekunden war er trocken und von dem giftigen Wasser war kein Tropfen auf seiner Haut zurückgeblieben. Trotzdem hatte er das Bedürfnis, sich einzuseifen und abzuduschen.

Gleiches konnte man von Rani sagen, der kurz davor stand zu explodieren. Punchy lächelte stolz in Richtung ihres Schützlings, tat jedoch sofort wieder gelangweilt, als sie Lukas' Blick bemerkte.

Bevor der Menok mit einer Schimpftirade beginnen konnte, erzählte Ella, was unter Wasser geschehen war.

»Das war knapp.« Felicitas betrachtete sie beide mit großen Augen.

Lukas sah gespannt dabei zu, wie die Enkelin des Professors die Karte entgegennahm und die dritte Ebene darauflegte. Das Wasser hatte ihr nichts anhaben können und sie begann sofort magisch zu wabern. Und wurde komplett. Neue Linien entstanden.

»Kaum zu glauben, dass wir für diese krakelige Zeichnung unser Leben riskiert haben«, kommentierte Rani. »Wer fertigt so miserable Karten an?«

Schwarze Linien bildeten Umrisse aus, wie Lukas sie aus manch einem Fantasybuch kannte, in dem Karten abgedruckt waren. Ein runder Kreis, von dem winzige Striche abgingen. Fast wie eine Sonne, deren Strahlen die Erde berührten. Darunter ein Berg, Landschaft ringsum, ein See.

»Wisst ihr, wo das ist?«, fragte Ella gespannt, ohne auf Ranis Bemerkung einzugehen.

Es war Felicitas, die nickte. »Aber ja. Jede Elfe kennt ihn.« Sie tippte auf einen großen Fleck. »Das ist der See des Mondlichts.«

Also keine Sonne, der Mond war darauf abgebildet.

»Schon wieder Wasser!«, stöhnte Lukas.

Doch die Elfe schüttelte den Kopf. »Kein Tropfen.«

Wortlos erhob sie sich in die Luft und flog davon. Sie mussten sich beeilen, um Schritt zu halten.

Hinter ihnen krachte das U-Boot zurück in den See.

Im Mondlicht

Es war das erste Mal, dass Lukas tatsächlich keine Nebenwirkungen mehr verspürte, als die Blinzelbahn sie an einem Ziel absetzte.

Ella betrachtete immer wieder die Karte. Ohne die Hilfe der Flüsterwäldler hätten sie keine Chance gehabt, den Startpunkt zu finden. Die angedeuteten Berge, der mit geschwungenen Strichen ausgeführte See und die Bäume hätten überall im Flüsterwald sein können.

»Dort«, verkündete Felicitas, nachdem sie eine gute Stunde zwischen Wurzelwerk hindurch an Sträuchern und Gestrüpp vorbei gewandert waren.

Aus dem Dickicht schälte sich eine Ebene hervor. Im ersten Augenblick glaubte Lukas, dass sie einen weiteren

See vor sich hätten, doch dann erinnerte er sich an Felicitas' Worte. Bei genauerer Betrachtung der glitzernden Fläche atmete er keuchend ein.

»Das ist Elfenstaub.«

»Er rieselt aus den Wolkenfeldern herab und durch die Luftströmung sammelt er sich hier«, bestätigte die Elfe. »Wenn unsere Magie mal nicht so will, nehmen wir ein Bad darin.«

»Wie wärs, wenn du einfach mal eine komplette Nacht herumtauchst«, schlug Rani vor. »Dann klappt es vielleicht wieder mit …« Er bemerkte den bösen Blick von Lukas. »Was?«

»Hör nicht auf ihn«, sagte Ella. »Ich habe aufgehört zu zählen, wie oft du uns jetzt schon gerettet hast.«

Die Elfe lächelte scheu.

»Sind das dort vorne andere Elfen?« Lukas deutete zu einer Gruppe Bäume, auf deren Ästen kleine Geschöpfe saßen.

»Sie dürfen uns auf keinen Fall sehen.« Felicitas duckte sich unwillkürlich und zeigte auf einen schattigen Bereich links neben dem Elfenstaubsee. »Da müssen wir hin.«

Wieder sauste sie so schnell voran, dass Lukas keine Fragen stellen konnte. Erst am Ziel sah er die Treppenstufen, die verborgen von den Schatten nach unten führten.

»Was ist das?«, fragte Ella.

»Wartet ab.« Felicitas ließ Elfenstaub flirren.

Die Fackeln, die in Halterungen an der Wand steckten, entzündeten sich.

Die Stufen führten gerade in die Tiefe, direkt in eine kleine Halle. Hier gab es nachgebildete Elfenarme aus Metall, die aus der Wand ragten. In ihren geöffneten Handflächen lagen Wasserlichtkugeln, wie Lukas sie bereits kannte. In ihrem Inneren loderte magisches Feuer, das trotz der Feuchtigkeit nicht erlosch.

Verteilt im Raum standen Statuen aus weißem Gestein, alles Elfen.

»Ein vergessener Ort«, hauchte Rani ergriffen.

»Oh, du kennst ihn?«, fragte Felicitas.

»Nicht diesen. Aber wir Menoks haben vor vielen Jahren einen ähnlichen entdeckt. Darin stehen Statuen von uns.« Aufgeregt sprang er zwischen den Figuren umher.

Die Bildnisse besaßen in etwa die Größe von Lukas, und Rani verkündete kurz darauf, dass auch die Menok-Abbilder größer als gewöhnlich ausgeformt waren.

»Warum bringst du uns hierher?«, fragte Ella.

Felicitas deutete auf eine Statue in Sichtweite.

»Das ist kein Elf«, sagte Lukas.

»Hundert Punkte für Schnelligkeit«, kommentierte Rani. »Es sieht doch jeder, dass das eindeutig … Nun ja, etwas anderes ist.«

»Ein Rabe«, sagte Lukas, wobei er Rani grinsend anschaute. »Aber was tut eine Rabenstatue zwischen all den Elfen?«

»So nennt man diese Kreaturen also.« Felicitas schwebte auf der Stelle direkt vor dem gewaltigen Bildnis.

Im Gegensatz zu den übrigen Statuen bestand diese aus schwarzem Gestein. Es war so dunkel, dass es das Licht zu schlucken schien. Die Flügel waren ausgebreitet, in den Krallen hielt der Rabe einen steinernen Spiegel. Direkt daneben führten vier Treppenstufen in die Höhe, endeten aber vor einer massiven Wand.

»Das Gedicht!«, rief Ella. »Es bezog sich hierauf.« Sie rezitierte sofort: *»Im Mondschein zeigt sich vor den Augen dunkler Schwingen, der Weg zur Unterwelt. Doch Suchender gib acht, nur ein Weg führt zum Ziel. Steig die Stufen empor und bringe, was beständig vergeht vom Gestern ins Heute. In schwarzer Asche wartet, was nicht für dich bestimmt.«*

»Meiner Meinung nach klingt das übrigens immer noch wie alles andere bisher: nach einer dummen Idee.« Rani hoppelte zu den Stufen. »Aber du hast recht: Mit *vor den Augen dunkler Schwingen* ist dieser Rabe gemeint.« Er sprang auf die Treppen und eilte hinauf. »Steig die Stufen empor!«

Nur um mit voller Wucht gegen die Wand zu stoßen.

»Das widerspricht meiner Theorie, dass das Gestein durchlässig ist.« Wütend rieb er sich die Nase.

»Vielleicht mit einem Zauber?«, fragte Ella Felicitas.

»Haben wir alles schon versucht«, erklärte diese. »Der König selbst – also mein Vater – hat die weisesten Elfen aus seinem Rat gebeten, die Stufen zu untersuchen.«

Lukas stieg die Mini-Treppe ebenfalls hinauf und betastete die Wand. »Massiv.«

»Ach?« Ranis Nase war leicht angeschwollen. »Gut, dass du das für uns herausgefunden hast.«

Er ignorierte den Menok. Lukas war sicher, dass sie auf der richtigen Spur waren, es musste einfach eine Möglichkeit geben, durch die Wand zu kommen.

»Wenn es ein verborgenes Portal ist, benötigt man vielleicht einen Schlüssel«, überlegte Felicitas. »Wir haben gerade in der Schule die verschiedenen Portalkonstruktionen durchgenommen. Sie können durch mechanische Elemente, Zauber oder einen Schlüssel aktiviert werden.«

Das ergab Sinn. Lukas erinnerte sich an die Standuhren, die dadurch eingestellt wurden, dass der Zeiger auf ein Zielsymbol justiert wurde. Letztlich musste die Blinzelbahn etwas Ähnliches sein.

»Aber hier kann man nichts justieren«, stellte Ella fest.

»Und den Zauber hat nicht einmal euer weiser Rat entdeckt«, ergänzte Rani.

»Also ein Schlüssel?« Lukas hatte eine Idee. »Die Karte!«

»Das muss es sein!« Ella kramte sie hervor und stürmte auf die Treppe zu.

»Langsam«, riet er.

Doch die Enkelin des Professors wurde von der Euphorie getragen …

… direkt gegen die Wand.

»Tut weh, oder?«, fragte Rani.

Ella hatte die Karte fallen lassen und rieb sich die Stirn. »Vielleicht ist es doch kein Portal.«

»Oder der falsche Schlüssel«, sagte Felicitas leise.

Lukas betrachtete die Stufen, die massive Wand dahinter und den Raben davor. Alles hing zusammen. Die aufgespannten Flügel der Statue umfingen den Spiegel, der wiederum direkt auf die Treppe gerichtet war.

»Ein Spiegel«, hauchte er.

»Ja«, sagte Rani langsam. »Ein Spiegel. Und?«

»Die Zeile!« Lukas breitete die Arme aus. »Der Weg zur Unterwelt. Das ist es. Im Rätsel steht, dass wir nach oben steigen sollen. Aber durch den Spiegel betrachtet, würden die Stufen …«

»… nach unten führen! Du hast recht.«

Ella sank sofort auf die Knie und begann, mit ihren Händen Erde wegzuschaufeln.

»Das kann ich doch machen.« Freudig ließ Felicitas Elfenstaub flirren.

Der Boden explodierte und schleuderte Ella zurück. Die Erde prasselte auf sie alle herab.

»Immerhin kein Feuer«, sagte Rani trocken.

»Entschuldigt«, bat Felicitas. »Die Nähe zum Elfenstaubteich hat Auswirkungen auf die Durchschlagskraft.«

Doch tatsächlich waren Stufen unter dem Boden verborgen gewesen. Auch hier waren es nur vier, die vor einer massiven Wand endeten.

Rani betastete das Gestein mit seinen Händen und dem Greifschwanz. »Auch fest.«

»So ein Mist!« Ella trat dagegen.

Und verschwand in der Wand.

Kurz darauf tauchte ihr Kopf auf. »Das müsst ihr sehen!«

»Dann ist wohl doch die Karte der Schlüssel«, sagte Lukas.

Felicitas sauste über Ella durch die Wand, die das Portal dadurch offen hielt, dass sie ihren Kopf hindurchsteckte.

Rani hoppelte am Boden entlang und verschwand im Gestein, direkt neben Punchy.

»Das sieht gruselig aus«, erklärte Lukas, als er sich an Ella vorbeischob.

Das Gestein nahm ihn auf.

Auf der anderen Seite

Die Stufen, die aus der Wand herausführten, waren nicht aus Stein. Das Holz unter Lukas' Sohlen war brüchig und es hätte ihn nicht gewundert, wenn die gesamte Treppenkonstruktion im nächsten Augenblick in sich zusammengestürzt wäre.

»Sieht aus wie das Studierzimmer meines Großvaters«, murmelte Ella. »Nur verfallen.«

Doch das war nicht das Einzige, was sich verändert hatte. Fast fühlte Lukas sich auf eine mittelalterliche Burg versetzt. In die Zauberkammer von Merlin. Überall standen Tiegel und Flakons herum, weitaus mehr als auf dem geheimen Speicher in seinem Haus. Auf dem Tisch lag Papier, das so vergilbt war, dass die Schrift darauf nicht mehr lesbar war. An der Wand gab es gewaltige Fenster, hinter denen jedoch nichts als Erde zu erkennen war.

»Wer baut denn unterirdische Fenster ein?«, fragte Ella.

»Das ist magisches Glas«, erklärte Felicitas. »Wenn ihr die Symbole an der Seite berührt, könnt ihr einstellen, was es euch zeigt.«

»Alternativ hätte man auch einfach ein Haus über der Erde bauen können«, merkte Rani an. »Mir gefällt es hier nicht.«

»Die Karte hat uns hergebracht«, sagte Lukas. »Folglich ist dein Großvater hier ebenfalls gelandet, Ella. Was kam als Nächstes?«

»Steig die Stufen empor und bringe, was beständig vergeht vom Gestern ins Heute. In schwarzer Asche wartet, was nicht für dich bestimmt«, sagte sie sofort.

Lukas war erneut beeindruckt von ihrem Können, wenn es um das Auswendiglernen von Texten ging. Bedauerlicherweise hatte er keine Ahnung, wie es von diesem Punkt aus weitergehen sollte.

»Bringt, was beständig vergeht vom Gestern ins Heute«, wiederholte er. »Tja. Da habe ich nun wirklich keine Ahnung.«

Er betrachtete die Gemälde an den Wänden, die Winterstein zeigten. Die Menschen in den Straßen waren nur grau-braune Flecken, die sich vor den Gebäuden abhoben.

»Wieso gibt es hier Bilder von unserer Stadt?«, fragte Ella.

»Möglicherweise stammen sie aus der Zeit vor den dunklen Jahren«, sagte Lukas. »Irgendein Forscher, der uns beobachtet hat.«

»Und mit ›uns‹ meinst du …?«

»Menschen«, erwiderte er auf Ellas Frage. »Die Bilder der Stadt müssen ja von jemandem angefertigt worden sein. Und hier, schau.« Er trat an eines der Regale. »Das sind eindeutig Bücher aus der Stadtbücherei von Winterstein.«

Was ziemlich leicht feststellbar war, betrachtete man die Karteikarten, die aus einigen herauslugten. Wer auch immer sie geliehen hatte, musste inzwischen hohe Strafgebühren zahlen. In allen Ecken befanden sich Spinnweben, doch von den Tieren selbst fehlte jede Spur. Alles wirkte so, als habe der Besitzer es vor vielen Jahren verlassen.

Rani beäugte die Dielenbretter, während Felicitas hoch zur Decke flog und dort nach verborgenen Dingen suchte.

»Wenn du dein Großvater wärst, was hättest du getan?«, fragte Lukas.

»Er ist ein Mann der Wissenschaft«, sagte Ella. »Er hat jedes Problem in kleine Blöcke zerteilt und diese einzeln analysiert. Am Ende ist das Puzzle komplett und die Lösung präsentiert sich, hat er immer gesagt.«

»Gute Idee«, stimmte Lukas zu. »Aber wir bräuchten das erste Teil.«

Es gab einfach keinen Hinweis. Was verging und brachte das Gestern ins Heute?

»Hier ist etwas?«, sagte Rani. »Ich kann es riechen.«

Sie eilten zu dem Menok.

Mit seinem Greifschwanz hob Rani das Brett an. Darunter verbarg sich eine weitere Treppe. Der Geruch von Staub lag in der Luft, Lukas musste niesen.

»Ein wenig Licht bitte!«, rief Ella.

Felicitas ließ Elfenstaub flirren. Glühwürmchen entstanden aus dem Nichts, gruppierten sich zu einem Kreis und flirrten um Ranis Kopf herum.

»He, nimm sie weg!«

»Oh, der Zauber war noch auf dich fixiert.«

»Ich bin doch keine lebende …«

»Taschenlampe«, half Lukas aus.

»Genau! Was ist eine Taschenlampe?«

»Sie spendet Licht«, erklärte Ella. »Und ist sehr schlau.«

»Oh, dann bin ich vielleicht doch eine.« Sofort zog Rani sein Büchlein hervor und notierte alles genau.

»Toll, sag doch so was nicht«, flüsterte Lukas, »er glaubt das.«

Die Treppenstufen endeten in einem winzigen Raum.

Ella entdeckte die Spuren auf dem Boden sofort. »Fußabdrücke!«

Lukas' Blick war auf die Standuhr gerichtet, die er nur allzu gut kannte. »Eine der Portaluhren.«

Womit das Rätsel mit einem Mal Sinn ergab. Das Gestern ins Heute tragen, bezog sich auf die Uhr. Zeit verging und trug das Gestrige in die Gegenwart und das Morgen. Was beständig verging, war die Zeit!

»Damit dürfte unser Weg klar sein.« Ella trat an die Uhr.

Im Gegensatz zu den übrigen Standuhren gab es an dieser nur ein einzelnes Symbol. Sie schob den Zeiger darauf, wodurch das Portal aktiviert wurde. Blaues Flimmern entstand, ein Wabern breitete sich aus.

»Ich hoffe wirklich, dass dein Großvater auf der anderen Seite steht«, sagte Felicitas.

»Solange nicht noch mal Lava auf uns wartet«, kommentierte Rani.

Lukas sah den anderen an, dass sie müde waren. Sogar Ellas Augen wirkten kleiner als gewöhnlich. Sie waren schon einen Großteil der Nacht unterwegs, Mitternacht war vorüber. Vermutlich würde er den gesamten Tag durchschlafen müssen.

Prompt knurrte sein Magen. Er durfte auf keinen Fall vergessen, sich den Wecker für das Frühstück zu stellen. Andernfalls würde er nichts mehr zu essen bekommen.

Ella hatte eindeutig keine Lust, länger zu warten, denn sie sprang kurzerhand in das blaue Flimmern. Punchy folgte im gleichen Augenblick, in dem Felicitas losflitzte. Rani seufzte, dann trottete auch er hinterher.

Lukas sah sich noch einmal um.

Sie jagten so sehr hinter der Lösung des Rätsels her, dass ihnen kaum genug Zeit blieb, über die einzelnen Stationen nachzudenken. Was war das hier für ein Gebäude, wieso hingen die Gemälde an der Wand? Wer hatte hier gelebt? Weshalb war die Portaluhr unter den Dielenbrettern versteckt worden?

Nun seufzte auch er.

Hoffentlich konnte der Professor einige der Fragen beantworten. Immerhin schien er der Lösung des Rätsels schon lange nachzujagen.

Mit einem letzten Blick nach oben, tauchte Lukas in das Portal ein.

Am Ziel erwartete ihn jedoch nicht der Professor.

Stattdessen bewahrheitete sich die letzte Zeile des Gedichtes auf schreckliche Weise.

In schwarzer Asche wartet, was nicht für dich bestimmt.

In schwarzer Asche

Das Portal setzte sie am Rand einer weiten Ebene ab. Kalt, öde und verlassen lag die Erde im Schein des Mondes vor ihnen. Ein seltsamer Geruch stieg Lukas in die Nase.

»Es riecht verbrannt«, stellte er fest.

»Das ist Asche«, hauchte Felicitas. »Überall. Die gesamte Ebene ist davon bedeckt.«

Wo einmal Bäume gestanden, Blumen geblüht und Sträucher ihre Blüten der Sonne entgegengereckt hatten, war nur toter Untergrund geblieben.

Lukas ging in die Knie und nahm eine Handvoll Erde auf. Sie war vermengt mit Asche.

»Was ist hier nur passiert?« Ella trat nach vorne.

Auch hinter ihnen gab es nur öde, flache Ebene. Die Standuhr war wenige Zentimeter in der Erde vergraben, gerade genug, um sie gegen Wind und Witterung zu stabilisieren. Erst in weiter Ferne sah Lukas eine Reihe hüfthoher Steine, dahinter das dichte Blattwerk unversehrter Bäume.

Punchy maunzte entsetzt, jagte über die Ebene und legte ihre Tatzen an verschiedenen Stellen auf die Erde. Dann schien sie zu lauschen, ihre Nase zuckte. So ging das eine Weile, bis sie niedergeschlagen zu Felicitas zurückkehrte.

»Hier ist kein Leben mehr«, hauchte die Elfe.

Selbst Rani, der nie um einen Spruch verlegen war, wirkte erschüttert. Sein Greifschwanz hing schlaff herab. Er tippelte ein Stück, plumpste auf seinen Po und starrte einfach nur auf die Umgebung. »Wer tut so etwas?«

»Es ist, als hätte jemand ein Loch in den Wald gestanzt«, sagte Ella. »Und alles Lebendige darin wurde verbrannt.« Sie schluckte.

»Vielleicht ist das auch während der dunklen Jahre geschehen«, überlegte Lukas laut. »Felicitas, kannst du von oben mal die Gegend erkunden?«

Die Elfe stieg in die Höhe, immer weiter und weiter.

Irgendwann war sie nur noch als winziges Irrlicht erkennbar. Erst nach etlichen Minuten kehrte sie zurück.

»Dort vorne ragt ein gewaltiger Baum aus der Erde, genau im Zentrum der Fläche.«

Die Worte erschreckten Lukas, machten sie doch deutlich, wie groß das verbrannte Areal war.

»Sonst irgendwelche Besonderheiten?«, fragte Ella.

»Die Erde sieht weiter vorne seltsam aus«, erklärte Felicitas. »Schlammig. Und es sind Furchen darin, wie von tausend Rechen gezogen.«

Was war dem Professor wohl durch den Kopf gegangen, als er hier gestanden hatte? Ohne Elfe hatte er sich keinen Überblick verschaffen können. Worauf das Rätsel auch immer hindeutete, es musste sich hier befinden, auf dieser Ebene.

»Wir müssen zu dem Baum«, sagte Ella. »Es ist das Einzige, was Sinn ergibt.«

Lukas war längst weit davon entfernt, in Kategorien wie Sinn und Unsinn zu denken. Es war schlicht der einzige Orientierungspunkt, den sie besaßen.

Langsam setzten sie sich in Bewegung.

Felicitas hielt sich direkt über ihnen, um den Weg vorzugeben. Punchy trottete neben Ella über die Erde. Rani hatte sich mittlerweile wieder gefangen und hoppelte nebenher, wenn auch überraschend still. Der Menok beäugte immer misstrauischer den staubigen Boden.

Auch Lukas behielt die Umgebung aufmerksam im Blick, was dank des Mondlichts einigermaßen machbar war. Auf der flachen Ebene konnte sich wenigstens nichts vor ihnen verbergen.

»Ich frage mich, was uns ein Baum bringen soll«, sagte Rani mit zittriger Stimme.

»Es war ein großer Baum«, bekräftigte Felicitas.

»Für dich sind doch alle groß«, gab der Menok zurück.

»Eben. Wenn ich sage ›groß‹, dann bedeutet das etwas.«

Lukas blieb abrupt stehen. »Habt ihr das gehört?«

Alle sahen sich hektisch um, wobei Rani seine beiden Hände und den Greifschwanz in Punchys Fell krallte.

Doch über dem Feld aus Asche lag nur Stille.

»Hör auf, uns Angst zu machen!«, forderte Rani.

Mittlerweile war Lukas sich nicht mehr sicher, ob ihm seine Ohren nicht einen Streich gespielt hatten. Der Wind frischte auf, pfiff ungebremst über die Ebene. Es klang wie das Heulen verlorener Seelen, die hier ihr Ende gefunden hatten.

»Also weiter«, sagte Ella.

Sie ballte die Fäuste und schritt beschwingt aus, doch ihre Augen blickten hektisch umher.

In Sichtweite zeichneten sich die knorrigen Äste des Baumes ab. Felicitas hatte nicht übertrieben, er war riesig. Wie die toten Finger eines Riesen, die aus der Erde herausgebrochen waren und sich Hilfe suchend dem Mond entgegenreckten.

»Wo kommt denn das Wasser her?« Rani deutete mit seinem Greifschwanz auf ein schmales Flussbett.

Lukas war so von dem Baum in der Ferne ergriffen gewesen, dass er nicht mehr auf den Boden geachtet hatte.

»Der ist mir von weit oben nicht aufgefallen«, entschuldigte sich Felicitas.

»Ich hätte den Bach auch nicht gesehen«, sagte Lukas. »Der ist total dünn.«

»Schaut mal, er bildet einen Ring um den Baum«, sagte Felicitas, nachdem sie erneut kurz in die Höhe gestiegen war.

In Gedanken betrachtete Lukas das Bild aus der Luft. Mitten im Flüsterwald existierte ein kreisrundes Areal, das von hüfthohen Steinen umzäunt war. Im Außenbereich war die Standuhr eingegraben. Weiter im Inneren folgte der Bachlauf.

»Aber dann muss es doch einen Zulauf geben«, überlegte er.

»Ich prüfe das.« Felicitas stieg zum dritten Mal in die Höhe und ließ diesmal Elfenstaub wirbeln.

Blaue Flammen begannen auf dem Wasser zu tanzen. Sie stieg höher auf und kam wieder nach unten.

»Es ist ein kompletter Kreis, nirgendwo gibt es einen Zulauf«, erklärte sie. »Vielleicht unterirdisch?«

»Das ist wohl die einzige Möglichkeit«, sagte Ella. »Oder etwas Magisches.«

Im Schein der Flammen erkannte Lukas, dass die Erde auf der anderen Seite mit Furchen durchzogen war, wie Felicitas gesagt hatte. »Können wir jetzt einfach durch das Feuer springen?«

»Keine Sorge, die Flammen sind nicht warm. Reine Lichtflammen.« Die Elfe surrte bereits darüber hinweg.

Punchy machte daraufhin den ersten Sprung, schließlich musste sie als Aufpasserin bei Felicitas bleiben.

Rani hatte nicht einmal mehr Zeit für einen Protest. Hektisch betrachtete er sein Fell und atmete auf. »Es ist nicht verbrannt.«

»Ladies first«, sagte Lukas.

Ella machte einen Sprung und gelangte problemlos auf die andere Seite.

Lukas zögerte. Da war es wieder gewesen, das Geräusch. Definitiv! Aber woher war es gekommen? Aus der Richtung der Standuhr oder seitlich?

»Was ist?!«, rief Ella. »Kommst du?«

»Habt ihr das nicht gehört?«

»Hier ist alles ruhig«, gab sie zurück.

»Er hat Angst«, mischte sich Rani ein. »Dabei musst du das gar nicht. Es ist total leicht. Und die Flammen tun auch nicht weh. Mach es wie ich, elegant.«

Gut, dass der Menok in der Dunkelheit nicht sehen konnte, wie Lukas die Augen verdrehte. »Genau. Du bist grundsätzlich an Eleganz nicht zu überbieten.«

»Danke.« Ranis Brust schwoll an vor Stolz.

»Und so bescheiden«, ergänzte Ella.

»Ich mag euch beide sehr«, erklärte Rani strahlend. »Ihr erkennt meine wichtigsten Eigenschaften auf einen Blick.«

Und glücklicherweise wussten Menoks mit dem Begriff ›Ironie‹ wenig anzufangen.

Lukas nahm Anlauf und sprang ebenfalls durch die Flammen. Wohlbehalten kam er auf der anderen Seite an.

Tatsächlich war das Geräusch fort, doch gleichzeitig stellten sich seine Nackenhaare auf. Er spürte die Gefahr. Als gäbe es eine unsichtbare Hand, deren Skelettfinger sich nach ihnen ausstreckten.

Möglicherweise war dieser Fluss mehr gewesen als nur ein Gewässer. Die Flammen von Felicitas wurden kleiner.

»Riecht ihr das?«, fragte er.

Ella nickte. »Das Wasser ist total faulig. Komisch, oder? Auf der anderen Seite konnte man das nicht riechen.«

Das Gefühl von Gefahr wurde stärker.

Langsam gingen sie weiter in Richtung des Baumes, doch Lukas war nun noch vorsichtiger.

»Siehst du!« Rani hob beide Ärmchen in die Luft. »Wir haben es fast geschafft. Du brauchst keine Angst zu haben!«

Im nächsten Augenblick war der Menok verschwunden.

Etwas Dunkles war aus dem Himmel herabgeschossen und hatte ihn fortgerissen.

Gleichzeitig brachen Gebeine aus der Erde hervor.

Geschöpfe der Dunkelheit

Die Erde um sie herum schien zu explodieren.

Skelette erhoben sich, gekleidet in Uniformen unterschiedlicher Epochen und Nationalitäten. Seefahrer und U-Boot-Kommandanten.

Mit einem Blick registrierte Lukas, dass es sich um jene Menschen handeln musste, die in den Wracks des Unterwasserfriedhofs gestorben waren. Dunkle Magie hatte sie hierher gebracht. Er ging jede Wette ein, dass das Wasser im Bachlauf auch von dort unten stammte.

»Vorsicht!«, brüllte Ella und warf sich zur Seite.

Einer der Angreifer schwang etwas, das an ein Bajonett erinnerte. Im Geschichtsunterricht hatte Lukas davon gehört: ein Gewehr mit aufgesetzter Klinge am Lauf.

Während Punchy elegant zwischen den Skeletten hindurchsprang, sauste Felicitas hinauf in den Nachthimmel, um Rani zu Hilfe zu eilen.

Ein Schlag traf Lukas und ließ ihn zur Seite taumeln.

Ein untoter Kapitän stand vor ihm, eine Axt in den Händen. Es war reines Glück, dass es zuerst die Attacke eines anderen gewesen war, der ihn hatte stolpern lassen. Andernfalls hätte die Axt ihn erwischt.

Der Kapitän wich Lukas' Tritt aus, glitt überraschend flink zurück und holte aus. Die Schneide fuhr durch die Luft, das Mondlicht glitzerte darauf.

Ein Fauchen erklang, als Punchy der Kreatur ins Gesicht sprang. Skelettfinger packten die Katze und warfen sie davon.

Lukas duckte sich, rollte sich ab und zerstörte mit einem Kick den Brustkorb eines Skeletts. Einem weiteren Schlag auszuweichen war kein Problem, doch dann erwischten ihn die dornenartigen Finger eines Angreifers. Sie zogen über seine Brust, durchdrangen Hoodie und Shirt, nur um die Haut aufzufetzen.

Keuchend brach Lukas in die Knie.

Die Schmerzen waren unbeschreiblich. Blut durchnässte den Stoff seines Shirts, die Wunden gingen tief.

Ella hatte sich bisher wacker geschlagen, doch ein Piratenkapitän attackierte sie mit dem Säbel. Der erste Schnitt prangte bereits auf ihrem linken Arm, eine Platzwunde auf ihrer Stirn.

Punchy war elegant auf ihren Tatzen gelandet und rannte zwischen den Beinen der Angreifer hindurch, um diese dadurch zu Fall zu bringen.

Lukas wich einem weiteren Axthieb aus, entriss dem Kapitän die Waffe und hieb seinerseits zu. Ein Schlag und die Kreatur brach zusammen.

Das war aber lediglich ein Tropfen auf den heißen Stein, denn die Ebene war von gut hundert Skeletten bevölkert. Am Himmel kreisten Raben, doch auch sie bestanden aus Knochen, die nur noch stellenweise Gefieder trugen. Bösartige Magie hielt sie am Leben.

Der Blick zur Seite ließ Lukas entsetzt aufkeuchen. Aus dem Wasser krochen längliche Gebilde hervor.

»Schlangen!«, brüllte er. »Sie kommen aus dem Fluss.«

Punchy fauchte.

»Wir müssen zum Baum!«, rief Ella. »Im Geäst ist es einigermaßen sicher.«

Der Rückweg war ihnen auf jeden Fall versperrt.

»Los!«, brüllte er.

Punchy sauste davon. Neben der Katze prallten Pfeile zu Boden, kam die Klinge eines Säbels auf und sogar ein Matrose sprang auf sie. Doch das Tier schlug geschickt Haken und war kurz darauf in direkter Linie zu dem Baum unterwegs.

Ella zertrümmerte noch mit einem Baseballschläger – woher auch immer sie den hatte – einen Angreifer, dann warf sie sich herum. Doch ihr Sprung wurde zu einem Taumeln, als sich eine Kralle um ihren Knöchel schloss. Genau unter ihr brach eine weitere Kreatur hervor. Ein Mann in der zerfallenen Kleidung eines Flugzeugkapitäns aus Kriegszeiten. Erster Weltkrieg, schätzte Lukas.

Sofort kroch er höher, seine Skelettfinger packten Ella am Hals. Sie keuchte.

Lukas stoppte seine Flucht, zielte und warf die Axt. Um sich selbst kreisend schlug sie in den Körper des Kapitäns ein, fegte jedoch nur den linken Arm davon. Der rechte lag unverrückbar an Ellas Kehle.

Er wollte ihr helfen, doch der Pirat mit dem Säbel stellte sich ihm in den Weg.

Lukas realisierte, dass es nur die Kommandanten waren, die sich schnell bewegten und Waffen trugen. Alle anderen waren langsam, liefen wie durch Treibsand.

Wenn sie die Anführer loswurden, konnten sie es bis zum Baum schaffen.

Mit der Schulter voraus rannte Lukas auf seinen Gegner zu, doch kurz bevor er diesen erreichte, ließ er sich fallen. Der Säbel tauchte über ihm hinweg. Es splitterte, als Lukas dem Skelett die Beine wegtrat.

Sofort rollte er sich herum und hechtete zu Ella. Mit der Schulter voran rammte er den Kapitän und stieß ihn zur Seite in den Schlamm.

Nur sein Arm blieb noch immer, wo er war.

Ella röchelte, versuchte, die Finger von ihrem Hals zu bekommen, doch der Klammergriff war eisern.

»Halt durch«, japste Lukas.

Er wusste mittlerweile nur allzu gut, dass das nicht so einfach war. Ohne Sauerstoff ging es nun einmal nicht. Er hakte seine Finger unter die Klauen und zerrte sie fort. Wie zementiert hingen sie fest, doch mit vereinter Kraft konnten sie Ella befreien.

Keuchend rappelte diese sich auf. »Danke.« An ihrem Hals war der Abdruck der Skelettfinger erkennbar.

»Jetzt sind wir quitt.« Lukas grinste sie an. »Aber jetzt zum Baum.«

Er blickte in den Himmel, doch von Rani und Felicitas

gab es keine Spur. Zwischen all den Skelettraben konnte er sie nicht ausmachen.

Gemeinsam rannten sie los.

Nach wenigen Schritten mussten sie jedoch wieder anhalten.

Eine Front von Skeletten versperrte den Weg. Sie mochten langsam sein, doch gegen diese Masse kamen sie nicht an. Ein Blick in die andere Richtung bestätigte, dass die Schlangen immer näher schlängelten. Es wunderte Lukas nicht, dass auch deren Körper skelettiert waren, ein Wirbel reihte sich an den nächsten. Die verbliebenen Stellen schuppiger Haut sonderten ein schleimiges Sekret ab.

»Albträume für den Rest meines Lebens«, presste er hervor.

»Wenn uns nichts einfällt, ist der Rest dieses Lebens überschaubar«, merkte Ella an.

»Seit wann bist du so positiv eingestellt?« Er legte ausreichend Ironie in die Stimme.

»Rani färbt ab.«

Sie lachten beide.

»Tja, Lukas Lamprecht, irgendeine geniale Idee?« Ella schien verzweifelt.

Genauso fühlte sich auch Lukas. »Ehrlich gesagt: nein.«

Die Armee der Skelette kam unaufhörlich näher, die Schlangen waren fast heran.

Sie hatten verloren.

Auf Leben und Tod

Aus Ranis Buch der Heldentaten

Natürlich lässt ein Menok sich nicht so einfach unter die Erde bringen, vorzugsweise aber auch nicht in luftige Höhen. Entsprechend (leicht) entsetzt war ich, als das untote Gefieder mich entführte. Ja! Entführte!

In einem Augenblick war ich noch damit beschäftigt, auf Lukas und Ella achtzugeben, denen die Panik ins Gesicht geschrieben stand, im Nächsten sauste ich gen Himmel. Den Reflex, mit meinem Greifschwanz zuzuschlagen, musste ich unterdrücken, wäre ich doch wie ein Stein zu Boden gekracht.

Eine Traube aus Krähen verdunkelte die Sterne. Nun ja, diese Krähen hatten ihre besten Tage schon lange hinter sich und bestanden nur noch aus hohlen Knochen, Gefieder und Magie. Von Letzterem besonders viel.

Unter mir kam Felicitas herangesaust. Sie kennt mich noch nicht allzu lange, deshalb machte sie sich Sorgen. Zweifellos hätte ich die Herausforderung auch alleine gemeistert, doch ein wenig Hilfe schadet nie. Außerdem ist die Luft das Element der Elfen, während ich mich auf und unter der Erde wohler fühle.

Kurzerhand begann ich zu zappeln und schlug den Raben, der mich entführt hatte, mit dem Greifschwanz. Seine Krallen lösten sich und ich fiel in die Tiefe, direkt auf Felicitas zu.

Es muss an der Elfe gelegen haben, dass ich an ihr vorbeischoss, denn meine Zielsicherheit ist einzigartig.

Felicitas kam jedoch schnell hinterher, packte mich mit ihren kleinen Ärmchen und ließ Elfenstaub flirren. Plötzlich spürte ich meinen eigenen Körper nicht mehr. Ich dachte schon, dass mich einer der Schnäbel getroffen hätte und ich nun als Geist davonschwebe.

Die Wahrheit war simpler. Felicitas hatte mein Gewicht aufgehoben. Auf diese Art konnte sie mich in Sicherheit bringen. Ausnahmsweise hatte sie die richtige Menge Elfenstaub mit dem korrekten Zauber kombiniert.

Grundsätzlich eine fabelhafte Idee.

Die Krähen sahen das anders. Immer mehr von ihnen zogen sich zusammen. Im Sturzflug kamen sie auf Felicitas zu, die in halsbrecherischen Kurven auswich.

Unter uns konnte ich Lukas und Ella erkennen, die sich mit Skeletten prügelten. Eine Axt hätte beinahe das Leben des Menschen beendet und ein Säbel das der Menschin. Man konnte sie wirklich keine Minute alleine lassen. Ich beschloss, ihrer Sucht nach Abenteuer und Gefahr ein komplettes Kapitel zu widmen.

Der Schmerzensschrei von Felicitas ließ meine Gedanken wieder auf das aktuelle Problem hier oben zurückkehren. Ein Schnabel hatte die Elfe am Flügel getroffen. Reflexartig ließ sie mich los.

Ich weiß natürlich, dass in den Flügeln eines Elfen zahlreiche Nerven verlaufen und eine Verletzung sich schrecklich anfühlt. ~~Aber wieso musste sie ausgerechnet so reagieren!~~ Natürlich hatte ich vollstes Verständnis für ihre dezente Überreaktion.

Ohne Felicitas stieg mein Körper in die Höhe, als wäre er mit Helium gefüllt. (Anmerkung: Lukas hat mir einmal berichtet, dass Menschen ein magisches Gas namens Helium in kleine farbige Gummibälle pumpen. Das nennen sie dann: Luftballon. Aus irgendeinem Grund binden die Erwachsenen diese gefährlichen Dinger an ihrem Nachwuchs fest oder geben sie ihnen in die Hand. Ich vermute, es handelt sich um einen Intelligenztest. Wenn der Menschenwelpe den Luftballon festhält, fliegt er davon. Lässt er aber los, hat er Intelligenz bewiesen und darf im Bau der Eltern bleiben. Hierzu muss ich noch weiter recherchieren.) Plötzlich hatte der Sternenhimmel jeden Reiz auf mich verloren, flog ich ihm doch entgegen. Ohne Halt. Der Himmel war zum Boden geworden und wie ich Felicitas' Zauber kenne, hatte sie das nicht mit einkalkuliert.

~~Ich schrie!~~ Ich drückte Felicitas gegenüber mein Missfallen aus.

Die Elfe erkannte den Ernst der Lage und schoss trotz eingerissenen Flügels auf mich zu. Magie trieb sie voran, mehr aber noch ihr eiserner Wille. Ja, sie ist eine echte Freundin. Niemals hätte ich geglaubt, außerhalb meines Wurfs solche Freunde zu finden.

Man muss auf sie achtgeben, doch Mut haben sie alle.

Drei Krähen stürzten sich auf mich. Praktischerweise konnte ich sie als Halt benutzen, sie zogen mich wieder ein Stück in Richtung Erde.

»Rani!«, rief Felicitas.

Sie war in der Nähe, wurde jedoch weiterhin von Krähen beharkt. Ich konnte erkennen, wie Elfenstaub aus der Wunde an ihrem Flügel rieselte.

Mit dem Greifschwanz hielt ich mich an einem meiner Angreifer fest, schlug den anderen beiden ihre Knochenschnäbel zu Brei und hüpfte dann los. Der Zauber ließ mich nach oben fallen und so kam ich hinter Felicitas an einer Krähe zum Halt.

Sie mochte ja Magie beherrschen, aber mein Greifschwanz kann einfach den besseren rechten Haken. Die Krähe krächzte und zerfiel in ihre Einzelteile. Überhaupt hielten diese Kreaturen nicht viel aus.

Doch da schlitzte mir eine Kralle den Rücken auf.

Es war seltsam. Trotz all der Attacken hatte ich mehr Angst vor dem Fall gehabt als vor einer Verletzung. Doch jetzt wurde mir bewusst, dass ich in Lebensgefahr schwebte. Zweifach!

Das Blut tropfte aus der Wunde und fiel in Richtung der Sterne. Es war ein dramatischer Anblick und trotz der grauenvollen Schmerzen verlor ich mich in dem Bild aus Silberlicht, Sternengold und Menokblut. Was für ein Gemälde hätte das nur abgegeben?

»Rani!«, rief Felicitas erneut.

Wieso rufen sie alle immer den Namen in solchen Situationen?

»Felicitas!«, rief ich einfach zurück.

Eine weitere Krähe schoss auf uns zu. Ich überlegte mir exakt, wie ich springen musste, um sie zu erledigen. Die Ausführung wurde jedoch unterbrochen, da der Zauber nachließ. In einem Augenblick fiel ich noch in die Höhe, im nächsten kehrte sich das Ganze um.

Tief unter uns war Punchy verschwunden. Lukas und Ella standen Hunderten von Skeletten gegenüber und aus dem Fluss waren die schrecklichsten Kreaturen auf Erden hervorgekrochen.

Schlangen!

Ich erstarrte vor Schreck, während ich dem Boden entgegenraste.

»Hab dich!«, rief Felicitas.

Der Boden mitsamt den Schlangen verschwand wieder. Die Elfe sauste in die Höhe. Ihr aus dem Flügel rieselnder Elfenstaub bestäubte mich und reaktivierte den Zauber, allerdings nicht so stark wie zuvor.

Die Krähen folgten uns ab einer gewissen Höhe nicht mehr, bildeten unter uns eine Barriere aus bleichen Knochen und schwarzem Gefieder.

»Wie sollen wir da wieder durch?«, fragte ich.

»Ich weiß es nicht.« Felicitas zitterte. »Aber meine Magie geht zur Neige. Uns bleibt nicht mehr viel Zeit.«

»Und dann?«

»Stürzen wir ab.« Das Gesicht der Elfe war kreidebleich.

Tapfer ertrug sie die Schmerzen der Wunde, während ihre Kraft nachließ. Ich selbst blutete noch immer, wenn auch nicht mehr ganz so stark.

Unter uns veränderten die Krähen ihre Position, reckten die Schnäbel in die Höhe. Ein undurchdringlicher Teppich aus Schwärze entstand, aus dem spitz zulaufende graue Schnäbel hervorragten.

»Wenn wir darauf stürzen ...« Ich schluckte.

»Werden wir aufgespießt«, vollendete Felicitas.

Unser Ende war beschlossen.

Ausweglos

»Lauft!«, erklang eine fremde Stimme.

Etwas flog durch die Luft, zerplatzte über den Skeletten und ließ Feuer auf sie herabregnen. Kurz darauf standen die Gebeine in hellen Flammen und zerfielen innerhalb weniger Sekunden zu Asche. Es ging so schnell, dass Lukas wertvolle Sekunden lang mit offenem Mund auf die Kreaturen starrte. Die Ascheflocken rieselten zu Boden, wo sie die Farbe der Erde annahmen.

Weitere Geschosse – es handelte sich um seltsame, mit Flüssigkeit befüllte Blasen – flogen über Ella und ihn hinweg, zerschellten über den Schlangen und ließen auch diese verbrennen. Doch schon brach die Erde auf und weitere Kreaturen schoben sich hervor.

»Lauft!«, rief der Fremde erneut.

Gemeinsam rannten sie auf den Baum zu. Im Geäst gab es einen Balkon, auf dem der Unbekannte stand. Im Schattenwurf des Mondlichts war nur eine Silhouette zu erkennen, doch Lukas konnte sich bereits denken, wer sie da gerettet hatte.

»Großvater«, hauchte Ella neben ihm und bestätigte seine Vermutung.

Neben ihm saß Punchy und deutete immer wieder auf ein besonders nahes Skelett, worauf der Professor eine weitere der Feuerblasen warf. Die Aufpasserin von Felicitas hatte Ellas Großvater also gefunden.

Eine weitere Kugel flog in die Höhe, immer weiter, bis sie die Krähen erreichte.

Staunend blieb Lukas stehen.

Die Skelettraben zerfielen innerhalb von Sekunden zu Asche. Mitten aus der Wolke tauchte Felicitas auf. Elfenstaub rieselte von ihr herab. Mit Rani an den Händen – der nicht sehr viel zu wiegen schien – sauste sie an Lukas und Ella vorbei auf den Baum zu.

Im Stamm hatte sich eine Tür geöffnet. Felicitas und Rani verschwanden dadurch. Ein freudiges Maunzen war zu hören.

Lukas löste sich aus seiner Starre. Doch immer mehr Erde brach auf, Arme schoben sich hervor. Die Magie ließ nicht locker. Jemand wollte allem Anschein nach um jeden Preis vermeiden, dass sie den Baum erreichten.

»Schneller!«, trieb Ella ihn an.

Sie war eindeutig besser in Form, was Lukas auf ihre früheren Abenteuer mit dem Professor schob.

Eine Skeletthand schoss aus dem Untergrund hervor und wollte ihn packen, doch er sprang rechtzeitig aus dem Weg. Die Tür war endlich direkt vor ihnen. Ella sprintete hindurch, Lukas dichtauf.

Mit einem Knall schlug Punchy sie hinter ihnen zu.

Es machte einen dumpfen Laut, als die Skelette gegen die geschlossene Tür prallten. Sie mussten ganz dicht hinter ihnen gewesen sein. Zum Glück schien die Tür zu halten.

»Keine Angst«, sagte jemand. »Sie können den Baum nicht betreten und ihm nichts anhaben.«

Sie standen in einem großen Raum. Dicke Wurzeln bildeten Sessel und einen Tisch aus, es gab sogar einen Herd aus Holz (was zeigte, dass es hier magisch zuging). In der Luft lag ein Geruch nach Blütenduft, durch die Fenster drang das Mondlicht herein. Eine Treppe führte auf ein höher gelegenes Stockwerk, wo es zum Geästbalkon hinausgehen musste.

Auf der untersten Stufe stand der Professor.

Er war deutlich älter als auf den Bildern, die Lukas von ihm gesehen hatte. Das dunkle Haar war längst von grauen Strähnen durchzogen, ein dichter Vollbart zierte sein Gesicht.

»Großvater!«, rief Ella und fiel ihm in die Arme.

»Ella!« Er drückte sie fest, nur um sie kurz darauf wieder auf Armeslänge wegzuschieben. »Was tust du hier? Wie bist du überhaupt in den Wald gekommen?«

Sein Blick traf Felicitas, die eine Hand auf das Loch in ihrem Flügel gedrückt hielt, und Rani, der aus einer Wunde auf seinem Rücken blutete.

»Das kannst du mir später erzählen. Wie ich sehe, habt ihr einiges abbekommen.«

Erst jetzt erinnerte sich Lukas daran, dass er verletzt war. Auch Ella betastete ihre Stirn und den Arm.

»Kommt mit.« Der Professor stieg die Stufen in die Höhe.

Felicitas ließ sich auf Lukas' Schulter nieder, Ella trug Rani. Punchy blieb ganz nah bei ihrem Schützling, schlich auf leisen Tatzen neben Lukas' rechtem Bein entlang.

Im obersten Stockwerk sah es genauso aus wie im Studierzimmer, das sich der Professor auf dem Dachboden seines alten Hauses eingerichtet hatte. Es gab nur deutlich weniger Bücher, doch einige Tinkturen und Fläschchen waren auch hier vorhanden.

»Nehmt Platz.« Der Professor deutete auf einen zum Sofa geformten dicken Ast, der mit weichen Decken ausgelegt war. Mit schnellen Bewegungen schüttete er Tränke und Pulver zusammen und bestrich mit einem Pinsel nacheinander ihre Wunden. Rasch ließ das Brennen nach, es bildeten sich Krusten und nach wenigen Minuten waren alle Verletzungen spurlos verschwunden.

»Nicht schlecht.« Lukas betastete verwundert seine Brust.

»Und jetzt erzählt ihr mir alles«, verlangte der Professor.

Zögernd berichtete Lukas von seiner Ankunft in Winterstein und wie er das geheime Zimmer entdeckt hatte. Von seinem ersten Abenteuer im Flüsterwald und wie er schließlich Ella kennengelernt hatte.

Obgleich der Professor immer wieder »ah« und »verstehe« sagte, wirkte es auf Lukas so, als sei er nicht überrascht. Es schien sich nur zu bestätigen, was er bereits vermutet hatte. Konnte es sein, dass Ellas Großvater sie beobachtet hatte?

»… die Vase zerbrochen. Deshalb konnte ich das Haus wieder betreten und bin Lukas durch die Standuhr gefolgt«, schloss Ella ihren Bericht an und schilderte, was sie gemeinsam auf der Suche nach ihm bislang erlebt hatten. »Aber wie bist du hier gelandet?«, fragte sie schließlich.

Der alte Mann rieb sich müde über die Augen. »Ich habe geahnt, dass du früher oder später auftauchst. Das hier«, er machte eine Bewegung, die den ganzen Baum einschloss, »ist ein Gefängnis.«

»Aber wieso bist du hier gelandet?« Sie sprang auf und trat ans Fenster. »Diese Skelette sind total gruselig.«

»Es war eine Falle, die mir gestellt wurde«, erklärte er. »*Er* wusste, dass ich auf der Suche nach dem verschollenen Volk des Flüsterwaldes bin, damit hat überhaupt erst alles begonnen. Die Karte war gerade gut genug versteckt, um mich neugierig zu machen. Jede Herausforderung war gerade so schwer, dass ich keinen Verdacht schöpfte. Ist euch nicht aufgefallen, dass es mit jedem Mal schwieriger wurde, aber immer lösbar blieb?« Der Professor trat neben Ella. »Dieser Kreis wird aus dem Wasser gespeist, das auch den Schiffsfriedhof umgibt. Die verlorenen Seelen der gekenterten Schiffe, Flugzeuge und U-Boote werden durch dunkle Magie heraufbeschworen.«

Rani richtete sich auf. »Aber diese Art der Magie …«

Der Professor wandte sich dem Menok zu. »Sag es nur.«

»Sie wirkt so dunkel wie …«

»Ja, es ist jene aus den dunklen Jahren. Der Magier, der dafür verantwortlich war, hat sie angefertigt.«

»Aber er kann den Flüsterwald nicht mehr betreten«, ereiferte sich Felicitas. »Wir haben alles über den Schutz des Waldes gelernt. Als alle sich vereinten, um die Urmagie gegen das Böse zu entfesseln.«

Der Professor lächelte. »Ich bin ziemlich sicher, dass ihr nicht *alles* darüber gelernt habt. Doch das ist unwichtig. Denn dieses Areal gehört nicht zum Flüsterwald. Ein Ring umgibt diesen Baum.«

»Das Feld«, sagte Lukas. »Der Bereich zwischen den Steinsäulen und dem Baum.«

»Verbrannte Erde, durchmengt mit der Asche der Toten, angereichert mit dunkler Magie«, bestätigte der Professor. »Der Wald wurde aus diesem Bereich verdrängt und der dunkle Magier hat dafür gesorgt, dass die Natur nicht zurückkehren kann. Es ist die einzige Lücke im

Wald, in der sich schwarze Magie manifestieren kann.« Ellas Großvater seufzte schwer. »Ich hätte es erkennen müssen.«

»Wieso?«, fragte Ella vorsichtig.

»Ich mache euch einen Tee.«

Ohne ein weiteres Wort stieg er die Treppe hinunter. Verdutzt blieben die Freunde zurück.

»Oh nein!« Ella sprang auf. »So zieht er sich immer aus der Affäre. Er geht Tee kochen und danach hat er keine Zeit mehr.« Sie stapfte ihm hinterher und brüllte: »Großvater!«

»Nette Familie.« Lukas beschloss, den beiden ein paar Minuten zu geben, in denen sie sich ungestört anbrüllen konnten. Als es wieder ruhiger wurde, stand er auf. »Schauen wir mal, ob wir jetzt Antworten bekommen.«

Gefolgt von Punchy, Felicitas und Rani stieg er die Treppe hinunter.

Vor langer Zeit

Der Professor hatte ihnen frischen Tee gekocht, dessen Duft aromatisch im Raum hing. Vor den Fenstern prasselte der Regen herab, für Lukas ein vertrauter Anblick. Da es hier kein Blätterdach gab, das den Boden schützte, verwandelte sich die Erde in Schlamm. Unweigerlich rückte Lukas näher an das Feuer.

An einer Seite des Raums gab es eine Kuhle in der Wand, die an einen Kamin erinnerte. Flammen tanzten auf einer Metallschale und verbreiteten Wärme. Die Funken prallten an einer unsichtbaren Barriere ab, es bestand also keine Brandgefahr.

»Vor vielen Jahren wollte ein Mensch, der die dunklen Künste studierte, in den Flüsterwald eindringen. Ihr müsst wissen, dass es vor der dunklen Zeit keine richtige Barriere gab. Menschen konnten Wesen der Magie nicht sehen, doch der Wald stand jedem offen.« Der Professor seufzte wieder schwer und nahm einen Schluck. »Es waren die Artefakte des verlorenen Volkes, die den dunklen Magier erstmals erahnen ließen, dass im Verborgenen noch mehr Macht wartete. Er widmete sich dem Studium dieser Hinterlassenschaften und eine Kette aus Ereignissen führte dazu, dass er sich Flüsterpulver aneignete und in den Wald vordrang. Sein Ziel war es, die Macht des verlorenen Volkes neu zu beschwören. Mit ihr, so sagen alte Schriften, kommt ein endloser Vorrat an Magie.«

Gebannt hing Lukas an den Lippen des Professors, die Tasse mit dem Tee in seinen Händen. Ella saß stocksteif zwischen den Kissen und lauschte. Die Flüsterwäldler waren ganz nah zusammengerückt und blickten bei den Worten des Professors traurig drein.

»Der dunkle Magier verbrannte Bäume, zerstörte den Lebensraum zahlreicher Völker und schlug Schneisen schwelender, schwarzer Magie in die glitzernde Freude des Waldes.« Auf dem Gesicht des Professors lag ein Ausdruck tiefgreifender Schuld. »Ich habe versucht, ihn aufzuhalten«, flüsterte er. »Im Verborgenen habe ich gegen ihn gearbeitet, Zauber sabotiert oder wichtige Artefakte vor seiner Nase weggeschnappt. Doch er kam seinem Ziel immer näher. Ein Wettrennen entbrannte, zwischen ihm und mir.« Der Professor nahm einen wohlbemessenen Schluck Tee. »Zu diesem Zeitpunkt muss er bereits damit begonnen haben, die Falle aufzubauen. Er hinterlegte die Pergamente, baute das Rätsel auf. Mit Magie versteinerte er Gefangene und stellte die Rabenportale überall auf.«

»Die Statuen waren mal echte Elfen?«, hauchte Felicitas.

»Und Menoks«, ergänzte Rani.

Der Professor nickte. »Und alle Rabenportale führen an den gleichen Ort: eines seiner aufgegebenen Häuser im Flüsterwald. Alles war perfekt vorbereitet, doch dann ging etwas schief.«

»Die Völker vereinten sich«, sagte Lukas.

»So ist es geschehen.« Bei diesen Worten lächelte der Professor. »Alte Konkurrenz wurde zurückgestellt. Weil sie sich zusammenschlossen, erhielten die Flüsterwäldler Zugriff auf das Herz des Waldes, so sagt man. Die Details kenne ich nicht, doch das Ergebnis war durchschlagend. Der Magier wurde aus dem Wald vertrieben, die Barriere aufgebaut. Seit diesem Zeitpunkt …«

»Gestorben«, korrigierte Rani. »Der dunkle Magier wurde von den Helden in schwarzen Flammen zu Asche verbrannt.«

»Das habe ich auch so gelernt.« Felicitas nickte eifrig.

»Es tut mir leid, aber an dieser Stelle wurde die Geschichte wohl etwas beschönigt«, erklärte der Professor. »Zu diesem Zeitpunkt war der Magier bereits zu stark. Selbst die vereinte Macht aller Flüsterwäldler konnte ihn nicht töten, er wurde lediglich aus dem Wald gedrängt.« Er schluckte. »Damit er die Barriere nie wieder durchdringen konnte, wurde der Schutzzauber mit Siegeln versehen. Jedes davon wurde einem Siegelwahrer zugeteilt.«

Die Worte sickerten in Lukas' Geist und er begriff. »Das Herrenhaus?«

»Ist eines dieser Siegel, mein Junge.«

»Aber, sind dann meine Eltern …«

»Nein.« Der Professor schüttelte den Kopf. »*Du* bist einer der Siegelwahrer.«

Alle Blicke richteten sich auf Lukas.

»Er?«, fragte Ella.

»Deshalb konntest du die Tür in der Bibliothek öffnen«, begriff Rani. »Als wir vor dem Wark flohen und zum Bereiniger wollten, hat sie sich dir bereitwillig geöffnet.«

»Wieso ich?«

»Als ihr in das Haus gezogen seid, warst du derjenige, der den Speicher betrat und den Zauber auslöste, der die Verbindung schuf.«

»Ich? Wann? Wie? Und wieso haben wir das Haus überhaupt bekommen, wenn Sie doch nur vermisst waren?«

»Das sind ziemlich viele Fragen. Natürlich habe ich Vorkehrungen getroffen, falls mir etwas zustößt. Der Siegelwahrer darf das Haus nicht zu lange verlassen. Andernfalls wird das Siegel brüchig. Ich habe also bei einem Anwalt ein Schreiben hinterlegt, dass im Falle meines Verschwindens Maßnahmen ergriffen werden, einen neuen Besitzer zu finden.«

»Aber wieso ich?«

»Magie«, erklärte der Professor. »Die Details werde ich dir natürlich gerne in Ruhe erklären.«

»Wieso wurden Menschen als Siegelwahrer gewählt?«, fragte Felicitas. »Nach allem, was der dunkle Magier getan hat, sollten Menschen doch gar keinen Zutritt zum Flüsterwald mehr bekommen.«

»Es war eine Entscheidung des Rates«, erklärte der Professor. »Mehr darf ich euch dazu nicht sagen. Immerhin hatte ich ja auch versucht, den dunklen Magier aufzuhalten. Da die Siegel außerhalb des Waldes liegen müssen … aber ich verrate schon zu viel. Das spielt keine Rolle.«

Lukas sah Felicitas, Rani und Punchy an, dass es durchaus eine Rolle spielte. Sie mussten den Schock verdauen, dass irgendwo dort draußen noch immer der dunkle Magier herumrannte.

»Was ist aus *ihm* geworden?«, fragte die Elfe mit kratziger Stimme.

»Das weiß ich nicht«, gab der Professor zu. »Nachdem wieder Frieden eingekehrt war, habe ich mit der Suche begonnen, doch er ist verschwunden. Die Welt ist groß. In Winterstein ist er nicht mehr, aber wohin es ihn sonst verschlagen hat, weiß ich nicht. Elfenspäher sind getarnt über die Erde gestreift und haben alles um die Flüsterwälder abgesucht, doch niemand hat auch nur eine Spur gefunden.«

Stille senkte sich herab, nur unterbrochen von den beständig gegen das Glas schlagenden Regentropfen.

»Und dieser Baum?«, fragte Ella.

»Er muss ihn bereits vor seinem Verschwinden vorbereitet haben. Die Vorräte füllen sich selbst auf, es gibt magische Tinkturen und Werkzeug. Alles, was man zum Leben benötigt. Ein starker Bannzauber ist an mich gekettet, deshalb kann ich ihn nicht verlassen.«

»Aber es muss doch einen Weg geben.« Seine Enkelin wirkte fassungslos. »Der Zauberer ist fort. Wenn er den Bann nicht aufhebt, kommst du hier nie wieder raus.«

»Der Zauber ist mit meiner Lebenslinie verwoben, Ella. Solange ich also nicht sterbe, ist mir der Ausgang verwehrt. Für immer.«

Gefängnis auf Lebenszeit, begriff Lukas. Umgeben von Giftschlangen, untoten Skeletten und verbrannter Erde. Der dunkle Magier machte seinem Namen alle Ehre.

»Aber das geht nicht!« Ella sprang auf. »Es muss doch eine Möglichkeit geben!«

Der Professor zögerte.

»Sag schon, Großvater!«

»Es gäbe eine, aber die … du bist doch noch ein Kind.«

Ella stemmte die Fäuste in die Hüfte. »Ich werde mich nicht von der Stelle rühren, bis du es mir sagst. Meine Eltern werden natürlich weinen und ganz entsetzliche Qualen ausstehen. Aber das ist dir offenbar egal.« Eine Träne kullerte über ihre Wange.

Der Professor stieß ein abruptes Lachen aus. »Woher

hast du nur diesen Sturkopf? Kommt mit, ich zeige euch etwas.«

Er ging zum Regal und zog an einem Buch.

Genau wie in Lukas' Haus gab es auch hier eine Geheimtür. Doch sie führte nach unten. Schon verschwand der Professor zwischen den Wurzeln des Baumes.

Eine vage Hoffnung

Unter der Decke schwebten Wasserlichter, in großen Körben lagen verschiedenfarbige Steine. In der Ecke stand ein abgewetzter Sessel und auf mehreren Werkbänken stapelten sich Artefakte in großen und kleinen Einzelteilen.

»Was ist das hier?«, fragte Ella.

»*Seine* Werkstatt«, erklärte der Professor. »Schau mal, dort.«

In einer Nische stand ein Blinzelpodest.

»In den letzten Monaten des Kampfes schloss der Rat die Verbindung zu einzelnen Blinzelbahnen in Gebieten, die der dunkle Magier bereits erobert hatte. Der dunkle Magier nahm Elemente aus einem der geschlossenen Bereiche und baute hier an einem neuen Zugang.«

Felicitas wirkte bleich. »Er stand also kurz davor, überall einzufallen. Sogar in die anderen Wälder.«

»Er konnte seine Arbeit nicht beenden. Ich aber schon.« Ellas Großvater deutete auf einen glimmenden Stein. »Der Zauber hält mich hier fest, aber ihr könnt jederzeit gehen.«

»Nein!«, unterbrach ihn Ella. »Dachte ich es mir doch, dass du dir wieder einen Trick einfallen lässt. Du hast uns hier heruntergeführt, damit wir uns wegblinzeln lassen, aber das kommt nicht infrage.«

»Schatz …«

»Nein, Großvater! Ich gehe nicht!«

»Wenn du mich mal ausreden lassen würdest …«

»Nein!«

»Ich wollte euch eigentlich das hier zeigen.« Der Professor deutete in eine zweite Nische.

Wie die Strahlen eines Sterns zogen sich diese Nischen aus dem Raum hinaus. In einer davon stand die Blinzelbahn, in jener anderen eine Standuhr.

»Du hast eine Portaluhr?«, hauchte Ella. »Aber sie sieht komisch aus.« Neugierig ging sie näher heran.

Die Standuhr war seitlich geöffnet. Im Inneren erblickte Lukas ein dichtes Netz aus magischen Steinen, die von

Eisendrähten verbunden wurden. Über einem Trichter hing ein Elfenstaubdepot. Doch anstelle der einzelnen Zeiger, die bei den anderen Portalen auf die Symbole zur Zielsteuerung gerichtet waren, gab es nur ein kleines Stellrad an der Seite. Mit diesem konnten vermutlich die Messingzahlen auf der Anzeige verstellt werden.

»Sie ist kaputt«, sagte Rani. »Und sieht komisch aus.«

»Dieses Portal ist etwas ganz Besonderes«, erklärte der Professor. »Ich habe darin ein paar der magischen Steine verbaut, die ich vom verlorenen Volk gefunden habe. Dadurch ermöglicht die Uhr die einmalige Öffnung eines Durchgangs.«

»Einmalig«, echote Rani. »Sie sind wirklich schon lange hier, was? Diese Portale lassen sich mehr als einmal öffnen.«

»Dieses hier führt nicht nur an einen anderen Ort, es durchdringt auch die Zeit«, erklärte der Professor.

»Eine Zeitmaschine?«, hauchte Ella.

»In der Tat«, bestätigte ihr Großvater mit einem freudigen Leuchten in den Augen. »Auch daran hat *er* wohl gearbeitet. Ich mag mir nicht vorstellen, was geschehen wäre, wenn er sie erfolgreich fertiggestellt hätte. Doch ihm fehlte ein wichtiges Teil.«

»Deine Glückssteine!«, rief Ella, als ihr Großvater an die Standuhr trat und mit dem Zeigefinger nacheinander auf drei goldene Steine tippte, die er auf die Front gesetzt hatte.

»So ist es. Einer meiner ersten Funde. Ich habe nie verstanden, weshalb sie so kostbar waren, dass man sie mit so vielen Todesfallen versieht. Jetzt weiß ich es. Sie sind der Schlüssel, um die Zeit zu öffnen.«

Felicitas sauste zweimal um die Uhr. »Das ist uralte Magie. Sie ist verboten.«

»Und zu Recht«, bestätigte der Professor. »Gleichzeitig ist es aber meine einzige Chance.«

»Wie soll es denn helfen, ein Portal ins Gestern zu öffnen?«, fragte Lukas.

Rani riss sein Büchlein heraus und begann, die Uhr abzuzeichnen. »Fabelhaft«, murmelte er dabei. »Ich werde der größte Entdecker aller Zeiten werden. Wortwörtlich.«

»Ich kann nicht weg, aber ihr schon. Der dunkle Magier ist irgendwo dort draußen und bereitet sich darauf vor, die Siegel des Flüsterwalds zu zerbrechen. Solange ich hier bin, kann ich ihn nicht aufhalten. Doch letztlich ist es simpel. Ihr reist in die Vergangenheit und besorgt das Einzige, was mich befreien kann.«

»Und das wäre?«, fragte Ella.

»Ein wenig Blut von meinem jüngeren Ich«, erklärte der Professor. »Der Zauber ist eine Blutkette. Sie hält mich hier. Doch mit meinem eigenen Blut von früher, das noch nicht magisch gebunden war, kann ich mich reinigen. Damit würde der Zauber fallen.« Er seufzte und ließ die Schultern hängen. »Aber das ist alles schrecklich gefährlich. Es wäre mir lieber, wenn deine neuen Freunde alleine gehen.«

»Nein!«, stellte Ella sofort klar. »Wenn Lukas, Rani, Felicitas und Punchy gehen, dann ich auch.«

»Hör mal, du bist …«

»Wenn du jetzt sagst, dass ich ein Mädchen bin, werde ich wirklich sauer, Großvater.«

»Eigentlich wollte ich sagen: das Wichtigste in meinem Leben.«

Gerührt lächelte Ella ihn an. »Gleichfalls. Und genau deshalb muss ich dich aus diesem Schlamassel holen. Danach können wir uns etwas einfallen lassen, den dunklen Magier zu finden und endgültig zu erledigen.«

Der Professor wirkte weit weniger begeistert als Ella. »Ich habe gesehen, wozu er fähig ist. Stell dir das nicht zu leicht vor. Immerhin verbirgt er sich seit vielen Jahren erfolgreich vor jedem, der ihn gesucht hat. Und das waren einige der mächtigsten Wesen.«

»Wir kriegen das hin.« Ella winkte ab. »Legen wir los.«

Verdutzt blickten alle zur Enkelin des Professors.

»Schatz, ein paar Vorbereitungen müssen wir dafür erst noch treffen.«

»Richtig.« Sie lachte auf. »Was denn?«

»Alles zu seiner Zeit. Ihr müsst mir mein Fotoalbum bringen, das im Studierzimmer im Regal steht«, erklärte er. »Dann kann ich euch darauf vorbereiten, was euch erwartet und was ihr benötigen werdet.«

»Das bekommen wir hin«, sagte Ella.

»Das ist so aufregend!« Es war Rani, der vor Freude kaum stillstehen konnte.

Felicitas wirkte hingegen überraschend ruhig. Immer wieder sah sie zu der Standuhr. »Das alles ist sehr gefährlich.«

»Damit hast du recht«, bestätigte der Professor. »Und ich würde es verstehen, wenn du diese Reise nicht mitmachen möchtest.«

»Ich … denke darüber nach.« Felicitas schwebte fort von der Standuhr.

Lukas hatte die Elfe noch nie so ängstlich erlebt.

Sie kehrten wieder in das Erdgeschoss zurück. Der Professor goss frischen Tee auf und sie beratschlagten, wie vorzugehen war. Sie würden sich intensiv mit der Vergangenheit beschäftigen müssen. Wie Winterstein damals wohl ausgesehen hatte?

Ellas Großvater wollte ganz genau wissen, wie sie die Herausforderungen des Rätsels bestanden hatten und was seit seiner Abwesenheit mit Winterstein geschehen war. Irgendwann, als Lukas' Lider schwer wurden, brachte der Professor sie nach unten zum Blinzelpodest.

Dieses Mal durfte Lukas das Ziel einstellen, natürlich unter den aufmerksamen Blicken von Felicitas. Er schaltete die Verbindung zur Station in ihrem Baumhaus und bedankte sich bei der Bahn. Gemeinsam betraten sie die Plattform.

Ella verabschiedete sich mit einer dicken Umarmung von ihrem Großvater, die ein freudiges Lächeln auf seinem Gesicht erblühen ließ.

»Ich habe dich lieb«, sagte sie.

»Ich dich auch, mein Schatz.«

Sie winkten zum Abschied.

Und ein Blinzeln trug sie fort.

Picknick im Mondlicht

Sie verließen die Blinzelbahn und stiegen hoch in das Baumhaus.

Lukas gähnte, hatte aber keine Lust, sich bereits zu verabschieden. Den anderen schien es ähnlich zu gehen, denn sie steuerten die gemütliche Kissenecke an.

Um die Kiste in der Mitte, die als Tisch fungierte, machten sie es sich bequem. Ella sank in den Schneidersitz. Lukas zog einfach die Beine an, was von Punchy unterbunden wurde. Sie sprang auf seine Oberschenkel und streckte sich dort auffordernd aus. Er begann damit, sie zu kraulen.

Rani linste herüber, schwieg jedoch. Auffällig unauffällig setzte er sich ganz nah neben Ella. Vermutlich hoffte er darauf, dass sie ihn ebenfalls kraulte, doch die Enkelin des Professors war in Gedanken vertieft.

»Alles in Ordnung?«, fragte Lukas.

»Ich kann nicht fassen, dass er monatelang in diesem Baum eingesperrt war«, erwiderte sie.

»Eine bösartige Falle«, bestätigte Rani. »Ich hätte niemals für möglich gehalten, dass *der dunkle Magier* tatsächlich noch lebt.« Er schauderte.

Felicitas kam herbeigeflogen und legte ein Deckchen auf dem Tisch ab. Sie ließ Elfenstaub rieseln und aus dem Nichts erschienen Teller mit kleinen Kuchenstücken darauf. Daneben Porzellantassen, in denen grüne Blätter lagen. Eine Kanne mit heißem Wasser folgte.

»Was ist das?«, fragte Lukas und blickte in die Tasse.

»Die Blätter sind direkt von den Teekindern«, erklärte die Elfe. »Sie haben mir ihre beste Ernte gegeben, ist das nicht nett? Gießt du jedem Wasser ein, Lukas? Es muss exakt drei Minuten ziehen.«

Er kam der Aufforderung nach.

»Jetzt ausgießen«, bat Felicitas.

»Was meinst du?« Verwirrt blickte Lukas auf die Tasse in seiner Hand, aus der er gerade hatte trinken wollen.

»Du darfst erst den dritten Aufguss trinken, vorher sind noch Reste des Erntezaubers an den Blättern«, erklärte Felicitas. »Warte ab.«

Jeder von ihnen goss den magischen Tee aus dem Fenster, ein weiterer Aufguss folgte und wieder schütteten sie ihn raus. Schließlich durften sie endlich trinken.

Lukas hatte noch nie etwas Vergleichbares geschmeckt. Wie hauchzarte Seide, die seinen Gaumen kitzelte. Der Geruch von frischem Gras vermengte sich mit dem Bild lachender Kinder, die Teeblätter pflückten. Er konnte das Glück spüren, das von ihnen in die Welt strahlte. Unweigerlich kam sein Innerstes zur Ruhe. Er fühlte sich eins mit dem Wald, dem Mond und seinen Freunden.

»Das ist so schön«, hauchte Rani.

Er kletterte in Ellas Schoß, sein Greifschwanz ragte als Kringel vor seinem Körper in die Höhe und er stützte sich darauf. Lächelnd begann Ella damit, den Menok zu kraulen.

»Wenn ich daheim traurig war, hat meine Mutter mir immer den Tee aufgebrüht«, erklärte Felicitas leise. »Wir sind gemeinsam in die Küche des Schlosses hinabgestiegen und sie trat an den alten Herd. Alle Räume dufteten nach den Blättern. Dann haben wir gemeinsam getrunken, uns Geschichten erzählt und sind zu den Elfenstaubfeldern in die Wolken geflogen.« Felicitas blinzelte eine Träne weg. »Bestimmt machen wir das nach dem Internat wieder.«

»Wie viele Jahre hast du denn noch vor dir?«, fragte Ella.

Die Elfe winkte ab. »Nur noch fünfzig.«

Lukas schluckte. »Das ist aber viel.«

»Elfen leben sehr lange«, erklärte Rani.

»Und ich bin ja nicht alleine«, sagte Felicitas. »Als die Himmelskutsche mich zum Internat brachte, war ich ganz verblüfft, als plötzlich meine Tasche zu miauen begann.« Sie lächelte Punchy liebevoll zu. »Meine Mutter hat mir ein Geschenk mitgegeben.«

Punchy hüpfte aus dem Schoß von Lukas, kam zu Felicitas und stupste diese sanft mir ihrer Nase an.

Lukas konnte das tiefe Band spüren, das die beiden miteinander verband. Nähe, Freundschaft, Geborgenheit.

»Wie geht es deiner Wunde?«, fragte er.

Felicitas blickte auf ihren verletzten Flügel. »Lieb, dass du fragst. Es rieselt kein Elfenstaub mehr heraus, aber ich muss nachher ein Bad im Elfenstaubsee nehmen.«

»Hast du auch Geschwister?«, fragte Ella an Rani gewandt.

Dieser hatte die Ohren nach unten geklappt und genoss die Massage. »Aber ja. Unser Wurf ist überaus groß. Wir haben einen wunderschönen Bau, der tief in die Erde geht. Es hat ein wenig gedauert, aber mittlerweile hat meine Bettwurzel gelernt, mich im Schlaf zu kraulen.«

Lukas grinste breit bei dem Gedanken.

»Und wie viele Geschwister hast du?«, fragte Ella.

»Ich glaube, bei der letzten Zählung waren es achtzehn«, erklärte Rani nachdenklich. »Der nächste Wurf kommt erst in zwei Jahren, aber wir sind schon dabei, den Bau zu vergrößern. Bald kommt der Winter und bevor die Erde aushärtet, sollte das erledigt sein.«

Lukas begriff, dass das Buch des Professors lediglich an der Oberfläche gekratzt hatte. Es gab noch so viel mehr über die Völker des Flüsterwaldes zu erfahren. Von den Teekindern war gar nichts im Buch zu finden gewesen. Von den Meerjanern auch nicht. Eines Tages würde er sie gerne kennenlernen.

In Gedanken hatte er auch bereits darüber nachgedacht, wie er den See und den Strand vom Müll reinigen konnte. Vermutlich blieb dabei nur die magische Variante als Lösung. Und dann war da noch die Sache mit den Katzen, auf die die Stollenzwerge warteten. Er hatte noch viel vor.

Gedankenverloren nahm er sich ein Stück Kuchen und aß. Die Zuckerglasur schien auf seiner Zunge zu explodieren. Der Geschmack von Erdbeere und feiner Sahnecreme war unvergleichlich.

»Ich werde nie wieder gewöhnlichen Tee trinken können oder gar Menschenkuchen essen«, sagte er. »Das Zeug hier schmeckt so gut.«

»Wenn du möchtest, kannst du ein Säckchen Teeblätter mitnehmen«, erklärte Felicitas. »Solange sie in deinem Haus bleiben und dort aufgegossen werden, kann nichts passieren.«

Zufrieden nahm Lukas das Säckchen entgegen. »Danke.«

Falls er mal wieder etwas Ruhe benötigte, konnte er seine Eltern damit versorgen. Dann würden sie friedlich auf der Couch sitzen und meditieren.

»Hast du denn Geschwister?«, fragte unvermittelt Rani an Ella gewandt. »Ich weiß, dass Lukas eine Schwester hat, die von bösartiger Natur ist.«

Auf den abschätzigen Blick von Ella räusperte sich Lukas. »Das ist sie wirklich.«

»Ich bin Einzelkind«, erklärte die Enkelin des Professors. »Das heißt, dass ich keine Geschwister habe.«

»Das tut mir leid«, sagte Rani.

Auch Felicitas nickte bedrückt. »Das muss einsam sein. Meine Geschwister haben mich zwar ständig verzaubert oder Gegenstände explodieren lassen … wenn ich da an Lilika, meine Lieblingspuppe denke … es war schrecklich.«

»Sie haben deine Lieblingspuppe explodieren lassen?«, fragte Lukas entsetzt.

»Aber nein, das würden sie niemals tun«, entgegnete Felicitas schnell. »Sie haben sie lebendig werden lassen, als ich gerade einschlafen wollte. Es war eine dramatische Situation, denn als sie damit begann, mir Witze zu erzählen, schrie ich vor Schreck auf. Und die Wachen haben sie dann … Ich bekam eine neue Puppe.«

Mit einem Mal sah Lukas die Attacken seines Schwestermonsters mit anderen Augen. Wenn sie wieder etwas Gemeines tat, beschloss er, total gelassen zu bleiben. Absolut. Nichts würde ihn aus der Ruhe bringen.

»Wenn ich das alles so höre, bin ich ganz froh darüber, Einzelkind zu sein«, nahm Ella den Faden wieder auf. »Außerdem habe ich meinen Opa. Und bald ist der wieder daheim.« Sie gähnte.

Auch Lukas spürte, dass die Müdigkeit ihn langsam zu

übermannen drohte. »Wir sollten noch einen Schlachtplan entwerfen.« Es fiel ihm schwer, die Konzentration aufrechtzuerhalten.

Nicht so die Elfe. Felicitas schoss in die Höhe und verkündete ihre Idee.

Abschiede

»Ich werde in der Bibliothek des Internats alles nachschlagen, was ich zu Zeitmagie finden kann«, sagte Felicitas. »Die Bücher sind im verbotenen Bereich, da dürfte ich eigentlich erst in dreißig Jahren rein. Aber mir wird schon etwas einfallen.« Sie lächelte zaghaft. »Sobald ich etwas gefunden habe, hinterlasse ich eine Nachricht im Studierzimmer, dann können wir uns treffen.«

»Danke noch mal für eure Hilfe.« Ella erwiderte das Lächeln. »Ohne euch hätte ich meinen Großvater niemals wiedergefunden.«

Gerührt winkte Rani ab. »Das war doch gar nichts. Immer gerne.«

Punchy maunzte und strich um Ellas Beine.

»Wir machen uns auf den Weg. Durch die Verletzung habe ich so viel Elfenstaub verloren, dass ich mir jetzt wirklich frischen holen muss. Sonst kann ich nicht mehr fliegen.« Felicitas winkte ein letztes Mal, dann flatterte sie davon. Punchy sprang mühelos über die Äste des Baumes nach unten und folgte ihr.

»Ich werde unsere bisherigen Abenteuer niederschreiben«, erklärte Rani. »Und mich ebenfalls vorbereiten.«

Bevor Lukas nachfragen konnte, wie genau der Menok sich vorbereiten wollte, war auch er schon davongehüpft.

»Eine tolle Truppe«, kommentierte Ella.

Sie stellte den Zeiger auf fünf vor zwölf und Sekunden später durchschritten sie das Portal. Der Dachboden erwartete sie, wie sie ihn verlassen hatten.

Gemeinsam stiegen sie die Treppe hinunter, durch die verborgene Tür in Lukas' Zimmer.

»Hier drin war die Bibliothek meines Großvaters«, erklärte Ella lächelnd. »Seltsam, dass es jetzt dein Zimmer ist. Übrigens hatte ich recht, es ist unordentlich.«

Er überging die Provokation. »Aber auch Glück. Stell dir vor, meine kleine Schwester hätte die Geheimtür entdeckt und wäre zur Siegelwahrerin geworden.«

Die Enkelin des Professors kicherte. »Das hätte ganz schön für Chaos gesorgt.« Sie setzte sich auf die Kissenbank vor dem Fenster. »Danke.«

»Gern geschehen.«

Eine Weile saßen sie schweigend nebeneinander und blickten hinaus auf den fernen Wald. Das Pulver wirkte noch immer, weshalb sie die Lichter zwischen den Stämmen sehen konnten.

»Verdammt!«, entfuhr es Lukas. »Wir haben kein Flüsterpulver mehr. Das habe ich total vergessen.«

Ella stöhnte wütend auf. »Ich habe auch nicht daran gedacht.«

Sie überlegte kurz. »Aber wenn mein Großvater es hergestellt hat, müsste irgendwo auf dem Dachboden das Rezept liegen.«

»Du meinst, wir können es selbst machen?«

»Keine Ahnung.« Sie zuckte mit den Schultern. »Aber ich würde sagen, wir schleichen uns so bald wie möglich ins Chemielabor und stellen es her.«

Lukas wusste nie, ob ihm Ellas Abenteuerlust Angst machen sollte oder er sie total beeindruckend fand. Vermutlich ein wenig von beidem.

»*Gemeinsam* kriegen wir das hin«, sagte sie.

»Gemeinsam«, bekräftigte Lukas, der die stille Frage durchaus verstanden hatte. »Beim nächsten Mal musst du dich nicht hereinschleichen. Und den Zauber, der dich vom Haus fernhielt, bist du ja los.«

»Solange niemand die Vase wieder zusammenklebt.«

»Keine Sorge. Ich werde die Scherben sicher verstauen.«

Mitternacht war lange vorüber, der Wind hatte nachgelassen und der Regen fiel stetig.

Ella gähnte herzhaft. »Mein Bett ruft.«

»Schlaf gut.«

»Du auch. Wir sehen uns morgen.« Sie erhob sich.

»Morgen?«

»Klar. Schließlich ist Samstag. Da haben wir Zeit für erste Vorbereitungen. Wir müssen das Fotoalbum meines Großvaters finden und die Anleitung für das Flüsterpulver.«

Sie winkte ihm kurz zu und war auch schon zur Tür hinaus.

Was seine Eltern wohl gedacht hätten, wenn sie jetzt aufgewacht wären? Ein Mädchen schlich mitten in der Nacht durchs Haus, nachdem es ihn besucht hatte. Nicht auszudenken, was er sich von seiner Mutter hätte anhören müssen.

Kurz wartete er an der Zimmertür und lauschte.

Im Erdgeschoss fiel die Tür ins Schloss.

Lukas schlüpfte in seine Jogginghose und ein frisches Shirt. Den zerfetzten, blutbefleckten Hoodie warf er kurzerhand hinter die Geheimtür. Wenn das so weiterging, würde sich seine Mutter wundern, wohin all seine Hoodies verschwanden.

Gähnend kroch Lukas unter die Decke und kuschelte sich ein. Das sanfte Trommeln des Regens an die Scheibe ließ ihn sofort einschlafen.

Er träumte von fliegenden Städten, flauschigen Katzen, die gekrault wurden, und einer Standuhr, die ihn durch die Zeit trug. Das nächste Abenteuer wartete bereits.

Der Morgen danach

Natürlich hatte Lukas vergessen, sich den Wecker zu stellen. Vermutlich hätte er den gesamten Tag verschlafen, wenn nicht irgendwann eine albtraumhafte Stimme in seinen Träumen erklungen wäre.

»Das Essen ist weg. Jetzt musst du verhungern. Mama will auch kein neues mehr machen.«

Lukas blinzelte den Schlaf fort.

Die Stimme kam aus dem Spalt zwischen Tür und Boden. Er stapfte darauf zu, riss an der Klinke und bemerkte zu spät, dass er den Riegel vorgelegt hatte.

Vor der Tür erklang ein Schrei. »Lukas ist gemein zu mir!«

Er entriegelte die Tür und trat auf den Gang. Am anderen Ende sah er gerade noch Lisas Schopf, der über die Treppe ins Erdgeschoss verschwand.

»Beim nächsten Mal …«, knurrte Lukas.

Wer wollte schon gelassen sein, wenn er ein Schwestermonster hatte?

Missmutig schlüpfte er in seine Hose und einen frischen Hoodie. Erst dann stieg er ebenfalls nach unten und betrat den Frühstücksraum.

»Gerade rechtzeitig«, begrüßte ihn seine Mutter mit einem Kuss auf die Stirn.

»Mum«, nörgelte er. »Nicht vor dem ersten Kakao.« Mit dem Ärmel des Hoodies rieb er sich die Stirn ab.

Lisa wirkte, als könne sie kein Wässerchen trüben. Natürlich war das Frühstück noch nicht vorbei, im Gegenteil. Brötchen und Brot lagen in einem Korb griffbereit, verschiedene Marmeladensorten, Wurst, Käse und Nugatcreme standen daneben. Die Butter stammte von einem nahen Bauern, ebenso die Milch. Seine Eltern hatte noch nicht einmal mit dem Essen begonnen.

»Die Milch ist noch warm«, frohlockte seine Mutter. »Ist es nicht himmlisch hier? Echtes Landleben.«

»Total. Und das Landleben lieben wir alle so sehr«, brummte Lukas.

Seine Mutter behielt das Lächeln bei, auch wenn es einen kleinen Knacks bekommen hatte. »Wie mir scheint, möchte ein gewisser junger Mann wieder regelmäßig an den Samstagsmeditationskursen teilnehmen.«

Er hatte die oberste Regel vergessen. Alles, was er sagte, konnte gegen ihn verwendet werden.

»Ich bin tiefenentspannt«, patzte er.

»Lukas, wenn deine Schwester schon so nett ist und dich weckt, solltest du sie nicht ärgern«, erklärte sein Vater.

»Aber sie hat …«, setzte er an.

»Als großer Bruder trägst du eine Verantwortung«, ergänzte sein Vater.

Innerlich verdrehte Lukas die Augen. Vor dem ersten Kakao konnte er sich keinesfalls auf eine Diskussion mit seinen Eltern einlassen. Er zog immer den Kürzeren. Schweigend schippte er mit dem Löffel Pulver in die Tasse und goss Milch darüber.

»Lukas, vielleicht willst du mich ja zum Markt begleiten?«, fragte seine Mutter wie nebenbei.

Gefahr! »Äh.«

»Höre ich da ein Ja heraus?«

Sie war die Königin der Fehlinterpretation. »Das geht

leider nicht«, sagte er betont entschuldigend. »Ich treffe noch jemanden.«

Stille.

Seine Mutter blinzelte ihn neugierig an.

Sein Vater blickte sogar von der Zeitung auf, die neben ihm auf dem Stuhl lag. Er las sie meist heimlich, weil er das beim Frühstückstisch nicht tun sollte.

Lisa bemerkte, dass etwas nicht stimmte. Kurzerhand verschränkte sie die Arme und schaute ihn ebenfalls neugierig an.

Lukas trank seinen Kakao ganz langsam und steckte seine Nase so tief in die Tasse, wie es nur ging.

»Wen triffst du denn?«, fragte seine Mutter.

Wieso war er nicht einfach mit zum Markt gegangen? Immerhin war das Wetter ausnahmsweise mal nicht ganz so schlecht. Trüb, ja. Die Felder matschig, auf jeden Fall. Von der Sonne nur wenig zu sehen, Standard. Aber es regnete nicht. Konnte er die Kurve noch kriegen?

Er sah an der umwölkten Stirn seiner Mutter, dass sie bereits damit begann, sein Schweigen zu deuten. Ihm blieben nur Sekunden.

Lukas setzte die Tasse ab. »Es ist wegen diesem Haus.«

Damit nahm er ihr den Wind aus den Segeln. »Bitte?«

»Ich habe die Enkelin des verschwundenen Professors kennengelernt. Sie wohnt ganz in der Nähe.«

»Dieses wütende Mädchen, das einmal an der Tür war?«, hakte sein Vater nach.

»Die war doch ganz nett.« Seine Mutter nahm sich gedankenverloren ein Brötchen, ohne zu bemerken, dass es kein Dinkelbrötchen war. »Vielleicht ein bisschen wild. Aber das tut dir ganz gut, dann sitzt du nicht ständig am Computer. Was habt ihr denn vor?«

»Wir gehen Muffins essen.«

»Ihr geht Muffins essen!« Das Gesicht seiner Mum wirkte, als habe sie gerade einen süßen Welpen erblickt und sei hin und weg. »Das ist so …«

»Sag es nicht«, verlangte er.

»Süß.«

Nicht einmal eine ganze Tasse Kakao war ausreichend, um das Frühstück zu überstehen.

Eigentlich hatte Lukas vorgehabt, seine Mutter vor dem Weizenbrötchen zu warnen. Sie aß grundsätzlich nur Dinkel. Aber das hatte sie damit verspielt.

»Sie zeigt mir einfach ein wenig die Stadt.« Zu spät realisierte Lukas, dass er damit Öl ins Feuer goss.

»Das ist so nett von ihr. Lade sie doch mal hierher ein.«

»Damit du ihr peinliche Fragen stellst?«, fragte Lukas.

»Was sind peinliche Fragen?«, wollte Lisa wissen.

»Es gibt keine peinlichen Fragen«, warf sein Lehrervater natürlich prompt ein. »Jede Frage führt zu einer Antwort.«

»Sie kann mich fragen«, erklärte Lisa daraufhin. »Ich weiß sogar Lukas' Lieblingsfarbe.«

»Mum, bitte mach es nicht peinlich«, bat Lukas. »Und du kennst meine Lieblingsfarbe gar nicht«, patzte er in Richtung seiner Schwester.

Diese hob prompt den verschlissenen Hasen in die Höhe, den sie immer heimlich ›dummer Lukas‹ nannte, wenn niemand außer ihm in Hörweite war. »Doch, er hat es mir verraten.« Sie grinste böse. »Rosa.«

»Das ist überhaupt nicht …«

Seine Mum tätschelte ihm den Kopf. »Keine Angst, ich werde euch völlig in Ruhe lassen. Ihr könnt oben gemeinsam spielen.«

»Mum! Wir spielen nicht. Babys spielen.«

»Ist ja gut.«

»Ich spiele«, krakeelte Lisa.

»Sag ich doch!«, rief Lukas.

»An diesem Tisch wird nicht herumgebrüllt!«, brüllte sein Vater.

»Sei nett zu deiner Schwester, Lukas«, forderte seine Mum.

Lukas schlug seine Stirn gegen die Tischkante. Nächste Woche würde er absichtlich verschlafen und heimlich auf seinem Zimmer essen. Sein Blutdruck war bestimmt viel zu hoch. Das war auch bei Herrn Piensel an der alten Schule so gewesen. Wenn er sich aufregte, war grundsätzlich sein Blutdruck zu hoch, das hatte er immer gesagt. Und davon alterte man schneller. Ein wenig Hoffnung blieb damit ja noch, dann konnte er vielleicht früher ausziehen.

»Der Direktor war übrigens sehr zufrieden mit deinem Aufsatz«, holte sein Vater Lukas wieder aus den schönen Gedanken. »Das hat er im Lehrerzimmer deutlich gemacht. Vor allen. Da konnte selbst diese däml…«

»… übereifrige Mathematiklehrerin«, warf seine Mutter schnell ein.

»Genau die.« Sein Vater nickte. »Sah aus, als hätte sie auf Eisen gebissen.«

Wenigstens etwas. Vielleicht ließ der Direktor noch einmal mit sich reden und Lukas kam um die Theater-

AG herum. Andererseits konnte es mit Ella gemeinsam vielleicht ganz lustig werden.

Lukas aß drei Brötchen mit Nugatcreme, was ihm das übliche »Schling dein Essen nicht so herunter« von seiner Mutter einbrachte.

Ihm kam eine Idee. Mit einem Lächeln holte er die Blätter der Teekinder hervor und brühte eine Tasse auf. Seine Eltern genossen schließlich den dritten Aufguss.

Es wurde ein ruhiger Samstag.

Zufrieden saß Lukas in seinem Zimmer und blickte durch das Fenster hinüber zum Flüsterwald.

Bestimmt würde sich Ella bald melden. Sie hatten viel zu tun. Eine spannende Woche lag vor ihnen.

Epilog

Eine Wunde im Flüsterwald. Das Böse in seiner konzentrierten Form. Der Sturm hatte sich beruhigt, doch sie gab sich keinerlei Illusionen hin. Es war das letzte Innehalten vor einem wahren Orkan.

Es war, wie es immer war. Dunkel und Licht, zwei Seiten, die sich stets bekämpften. Viele Jahre über hatte der Flüsterwald in Frieden existiert, hatten die Geschöpfe jene Wunden geschlossen, die *er* geschlagen hatte.

Doch mit der Ankunft von Lukas Lamprecht waren Dinge in Gang gesetzt worden, die geschehen mussten. Sie erinnerte sich noch gut an jenen Tag, an dem sie den Jungen zum ersten Mal gesehen hatte. Viele Jahre waren seither vergangen.

»Und doch kann ich dich nicht schützen«, flüsterte sie.

Sie wusste, was geschehen würde, weil es geschehen war.

Die Kinder würden ihre Reise antreten. Sie würde ihnen Glück wünschen, wenn sie nicht längst gewusst hätte, wie alles ausging. Kein Glück der Welt konnte sie davor bewahren.

Eine einsame Träne rann über ihre Wange.

Dann schloss sie den Vorhang und harrte der Dinge.

Tief unter ihren Füßen glühte eines der Siegel auf.

Ende

BONUSGESCHICHTE

Im Schatten der Königin

»War das nicht wieder ein fabelhafter Tag?« Felicitas wartete nicht auf eine Antwort. In der Regel war Punchy schweigend der gleichen Meinung.

Sie sauste zwischen den Blättern eines Affenbrotbaumes hindurch und drehte einen Looping. Die Borke streifte ihre Flügel. Sie erinnerte sich noch gut an den Von-hier-nach-dort-Zauber, der den Baum aus Afrika in den Flüsterwald geholt hatte. Das hatte Ärger gegeben. Irgendwo auf dem anderen Kontinent stand jetzt ein neongrünes Flüsterwald-Gewächs. Punchy sprang elegant von Ast zu Ast, blieb aber stets dicht bei Felicitas.

»Und war es nicht spannend, wie ich von der Wolkenstadt gesprungen bin? Du hättest mitmachen sollen.«

An dieser Stelle maunzte Punchy, was wohl ihr Bedauern darüber ausdrückte, dass sie nicht ebenfalls einen Satz über die Brüstung gemacht hatte. Beim nächsten Mal.

Das Bad im Elfenstaubsee hatte Felicitas' Magie wieder aufgefüllt und ihre Flügel leuchteten heller als zuvor. Jetzt tauchten in der Ferne die Mauern des Internats auf. Sie spürte ein kurzes Kitzeln in den Flügeln, als sie den ersten, den zweiten und den dritten magischen Schutzkreis passierte.

»Und schon sind wir wieder zurück.«

Prompt wurde Felicitas schwer ums Herz. Die Leichtigkeit, die sie in der Gesellschaft von Lukas, Rani und Ella empfunden hatte, verpuffte wie eine Handvoll geworfener Elfenstaub. Wie gerne hätte sie noch stundenlang mit ihren neuen Freunden bei einer Tasse Tee geplaudert. Das erinnerte sie an daheim, an ihre Mutter.

Sie sah die Schlossküche vor sich, den alten Herd, den Duft des frischen Tees. In ihren Gedanken flog sie freudig auf die Felder hinaus, um die Teekinder herum, die gerade eine Ernte einholten.

Stattdessen landete sie vor dem Stein, der aussah wie eine gewaltige Zuckerblume. Eine Prise Elfenstaub genügte und er gab den Weg in den Tunnel frei. Punchy passte ebenfalls knapp hinein. Als sie am anderen Ende hinter dem Porträt im Internat herauskamen, warf die Katze strenge Blicke in Felicitas' Richtung. Das meinte sie natürlich nicht so, sie musste sich nur noch ein wenig an die lustigen Abenteuer gewöhnen.

Das Bild verschloss den geheimen Gang gerade zur richtigen Zeit. Schon kamen andere Feen vorbei. Die Tagblüten hinter den Glaskolben entfalteten sich, wiesen damit alle darauf hin, dass die letzte Stunde vor dem Schlafengehen bevorstand. Plötzlich wimmelte es im Gang von Jungen und Mädchen, die zu ihren Zimmern flogen.

Felicitas erreichte die kreisrunde Tür, ließ diese mit einer Prise Elfenstaub verschwinden und glitt in den Raum. Mit einem *Plopp* kehrte die Holztür hinter ihr zurück.

Die im Zimmer verteilten Blüten bemerkten sie und begannen zu leuchten, die Bücher auf dem Regal hüpften vor Freude. Auf ihrem Tisch lagen fein säuberlich gestapelt die fertigen Zauber für einen Blick in die Geschichte des Flüsterwalds, Geheimnisaufspürer und Zeitunterbrechung.

Morgen standen ihr wieder langweilige Stunden bevor. Es war immer das Gleiche. Die Lehrer waren so langsam, dass Felicitas in Gedanken versunken schon vorarbeitete. Bis eine Übung abgeschlossen war, hatte sie bereits fünf weitere erledigt – sie waren einfach so leicht. Dann rief ein Lehrer sie auf, sie zuckte zusammen, wurde aufgeregt und konnte die Frage nicht beantworten. Alle grinsten und sie hörte Dinge wie: »Als Königin musst du das ja nicht können.«

Das Wissen war in Wahrheit nie das Problem.

Sie seufzte.

Auch die Wucht der Zauber bekam sie nicht in den Griff. Woran das nur lag?

Punchy maunzte und deutete auf die Tagblüte. Sie verströmte bereits frischen, fruchtigen Duft. Es war Zeit zum Schlafen.

Sie kuschelte sich zwischen die schwebenden Kissen und Decken. Minuten später war Felicitas eingeschlafen.

Pedora seufzte auf.

Endlich! Ihr Schützling lag wohlbehalten in den Kissen und sammelte Kraft. Noch ein paar solcher Abenteuer und sie selbst benötigte eine Woche lang Kraulmassagen.

Wenigstens hatte der Stollenzwerg gute Arbeit geleistet, ihr Fell glänzte seidig. Das würde Rani noch wochenlang ärgern.

Ein letzter Blick auf die kleine schlafende Prinzessin, dann jagte Pedora durch die Gänge des Internats, huschte durch schmale Spalten, die in den Schatten verborgen waren, und erreichte den Zugang zu den Katzenlinien. Wie immer flitzten von überallher bunt gescheckte Kolleginnen und Kollegen auf ihren jeweiligen Wegen. Da ihre Schützlinge friedlich schlummerten, hatten sie frei.

Alle. Außer ihr.

»Pedora«, erklang die Stimme von Alfalet.

Sein schwarzes Fell stand struppig zu allen Seiten ab. Und was war das für ein Geruch?

»Harter Tag?«, fragte sie.

Das Sprechen fiel ihr schwer, meist verzichtete sie darauf. Es war einfach so anstrengend. Und nicht auszudenken, wenn Felicitas wüsste, dass ihre Aufpasserin es konnte. All die folgenden Dialoge … auf keinen Fall!

»Er hat mit seinen Freunden einen verbotenen Himmelssee besucht«, kam es zurück. »Die Stinkfische darin …« Alfalet maunzte kläglich und betrat seine Katzenlinie.

Der Eingang zu dem Netzwerk flimmerte.

Pedora sprang hinterher.

Es sah aus, als habe eine allmächtige Katze Abertausende von Kratzbäumen miteinander verbunden. Sie durchzogen den gesamten Flüsterwald im Zwielicht und konnten nur von Wesen ihrer Art betreten werden. Pedora jagte auf ihrer Katzenlinie entlang, ließ ihre Tatzen über die raue Oberfläche gleiten. Sie benötigte nur wenige Minuten, um ihr Ziel zu erreichen: den königlichen Palast der Feen. Heimat der Eltern ihres Schützlings, ihrer Geschwister, Hofwachen und übrigen Angestellten.

Niemand schenkte Pedora mehr als einen kurzen Blick. Sie war den meisten bekannt, direkt von ihrem Wurf der kleinen Felicitas zugeteilt worden. Deren Aufpasserin auf Lebenszeit. Doch das eine große Geheimnis kannte außer ihr lediglich eine Person.

Stufen flogen vorbei, Flügelflattern wurde zu einem beständigen Hintergrundgeräusch. Vor den Fenstern zeichneten sich in der Ferne die rotgoldenen Hügel ab, zwischen denen sie geboren worden war. Die Katzenberge.

Pedora wechselte in die Katzenschächte, die überall im Gebäude in die Wände verbaut waren, und erreichte das persönliche Gemach der Königin.

Sie wurde mit einem Lächeln begrüßt.

»Ich habe dir etwas herrichten lassen«, sagte diese. Mit ihrer dünnen Gestalt, dem hüftlangen Haar und der bleichen Haut wirkte sie zerbrechlich wie eine filigrane Glasstatue.

Pedora sprang zu dem Teller. Leicht angebratener Fisch schwamm in Buttersoße, bedeckt von Zuckerblumen. Sie würde es genießen, doch zuerst kam die Pflicht.

»Wie geht es meiner Kleinen?«, fragte die Königin mit glänzenden Augen.

Pedora gab eine Zusammenfassung der Ereignisse.

»Sie ist von der Himmelsstadt gesprungen, um ihre Freunde zu retten.« Die Königin lächelte. »Das ist meine Tochter. Mutig wie eine Löwin.« Ihr Lächeln verschwand. »Und so viel stärker, als sie ahnt. Wie gerne hätte ich sie bei mir. Aber das wird wohl nie wieder möglich sein.« Eine Träne rann über ihre Wange.

Pedora sprang zur Königin und strich ihr um den Körper.

Das Lächeln kehrte zurück.

»Meine Vertraute, auf dich konnte ich mich stets verlassen. Sei weiter ein Schatten für meine Tochter, schütze sie und achte auf die Zeichen. Es ist bald so weit.«

»Das werde ich«, schwor Pedora.

Sie begann zu essen.

In Kürze würde sie all ihre Kraft brauchen.

Ende

Welches Geheimnis verbirgt die Königin? Und wieso musste Felicitas wirklich ins Internat? Die Antwort erwartet euch im dritten Flüsterwald-Abenteuer.

Weitere Informationen zur Reihe bekommt ihr unter: www.flüsterwald.de

Andreas Suchanek

streifte als Kind über Abenteuerspielplätze und erschuf im Geist fantastische Welten.

Später wurden diese dann zu Papier gebracht. Er teilt die Schokoladensucht mit Rani.

www.andreassuchanek.de

Timo Grubing, geboren 1981, studierte Illustration an der FH Münster und lebt seit seinem Diplom 2007 wieder in seiner Geburtsstadt Bochum. Als freier Illustrator bebildert er Kinder- und Jugendbücher, Spiele und Comics und eigentlich alles, was ihm unter den Stift gerät. Dabei trinkt er Kaffee.

www.timogrubing.de

www.instagram.com/timogrubing_illustration/

Andreas Suchanek / Timo Grubing
Flüsterwald – Das Abenteuer beginnt

256 Seiten
Hardcover mit s/w-Illustrationen
ISBN 978-3-7641-5175-1

Ab 9 Jahre

ebook

Ein mitreißendes Fantasy-abenteuer!

Mitten in der Nacht schreckt Lukas plötzlich aus dem Schlaf. Ein koboldartiges Wesen schleicht durch sein Zimmer und will mit einem Sack voll Diebesgut flüchten. Empört macht sich Lukas an die Verfolgung – mitten in den Wald hinter seinem Haus. Er ahnt noch nicht, dass er damit den Bannkreis zu einer verbotenen Welt durchbrochen hat ... zu einer Welt, in der Menschen von schattenartigen Warks gnadenlos gejagt werden. Doch warum konnte Lukas die Grenze zum Flüsterwald überqueren und welche Geheimnisse verbergen sich zwischen den Zweigen der Bäume?

www.ueberreuter.de
Folgt uns bei Facebook & Instagram